방정환 작품선집

어린이

일러두기

1. 원전에는 '한자[한글]'로 되어 있는 형태를 독자들의 이해를 돕기 위해 '한글(한자)'의 형식으로 모두 바꾸었다. 다만 제목의 경우, 한자를 삭제하고 한글로 표기하고 이를 각주를 달아 한자를 알아볼 수 있도록 하였다. 또한 음가가 다른 한자의 경우 [ ]로 표기하였다.
2. 독자의 이해를 돕기 위하여 편집자 주를 달았다.
3. 이 책의 구성은 제목의 가나다순으로 배열하였다.
4. 이 책에서는 소파 방정환과 삼봉 허문일의 작품이 동일인물의 작품이 아니라고 판단하여 허삼봉 허문일의 작품은 모두 게재하지 않았다.

조선의 소년 소녀 단 한 사람이라도 빼지 말고

한결같이 '좋은 사람'이 되게 하자.

(소파 방정환)

1. 단편소설

2. 동요

큰글한국문학선집
: 방정환 작품선집

1. 단편소설

그날밤[1)]

상(1)

여자에게서 온 편지——. 실로 영식이게는 생후에 처음이다.

첫 번 한 번 읽고는 읽고도 무슨 소린지 의미가 분명치 못한 것 같아서 다시 한 차례 읽고야 겨우 알았다.

그리고는 숨기지 못할 미소를 입 가에 띄우고 그 발그스름한 편지가 가늘고 작게 쓰여진 글자를 한

---

1) 「그날밤」은 1920년 12월 『개벽』 6호에서부터 게재되는데, 자세한 출전은 다음과 같다.

상편 『개벽(開闢)』 제6호, 1920년 12월 1일 발행

중편 『개벽(開闢)』 제7호, 1921년 01월 1일 발행

하편 『개벽(開闢)』 제8호, 1921년 12월 1일 발행

자 한 줄씩 글자 모양과 줄 바른 것을 주의하여 보며 문면에 나타난 것보다 더한 만족을 거기서 구하고자 하였다.

그러다가 그는 겉봉을 다시 집어 들고 어느 곳 몇 번지라고 어떻게 썼는가, 최영식 무엇이라고 썼는가를 보았다. 물론 시내 ××동 ○○번지라고 틀림없이 쓰고 최영식 밑에는 氏자가 삐지게 똑똑히 씌어 있었다.

氏, 氏, 殿자와 氏자와 그 쓰는 구별이 어떠한 것인가.

殿자는 보통 편지에 으레 통상 쓰는 것이고(우리가 일찍이 쓰지 않던 것을 남의 바람에 멋 모르고 흔히 쓰지만), 氏자는 좀 친한 이에게 다정하게 쓰는 것인가. 즉, 여자가 남자에게(사모하는 남자에게) 쓰는 친한 다정한 글자가 아닌가. 그렇다 하면 그가 그 구별을 생각하고 氏라고 쓴 것일까 혹은 그대로 쓰는 대로 별다른 생각없이 쓴 것일까…….

무엇인지 그 殿자 쓸 곳에 氏자를 쓴 그 氏자에 그의 친근하다는 의미가 있는 것 같기도 하고 아닌 것 같기도 하여 견디지 못하겠다.

그러나 영식이는 그 氏자 좌측 옆에 친전(親展)2)이라고 쓴 두 글자를 보고 빙그레하였다. 전일에 친구에게서 온 것 중에 그리 대단치도 아니한 편지에도 친전이라고 특서한 것은 종종 보아서 친전이란 그것이 그리 특유한 것이 아닌 줄로 생각하던 터인데 지금 생후 처음 여자에게서 온 편지에 쓰인 친전은 무언지 중대한 비밀을 말하는 것 같았다. 그래서 그 두 글자를 보고 그와 자기와의 사이가 퍽 친근할 뿐 아니라 아주 밀접한 것같이 느껴져서 아까 생각하던 氏자는 퍽 친한 터에 쓰는 글자로 쓴 것이라고 단정해 버려 만족한 기쁨이 전신에 넘쳐서 세상이 졸지에 이상(理想)의 평화, 행복의 세상이 된 것 같았다.

그는 편지를 들어 눈을 스르르 감으며 코와 입에다 대었다. 향긋한 향내가 가느름한 하게 코에 맡아진다. 그는 또 빙그레하고 입은 다문 채로 웃었다.

혼자 몸으로는 지탱치 못할 희열과 행복을 느낀다. 그 때 마침 사랑문 소리가 나고 창 밖에 신발 소리

---

2) 몸소 펴 봄. 편지를 받을 사람이 직접 펴서 보라고 편지 겉봉에 적는 말.

가 나므로 그는 깜짝 놀라 편지와 봉투를 책상 서랍에 급히 틀어 넣고 방 미닫이를 열고 내다보니까 어느 틈엔지 비가 시작되어 부슬부슬 오고 김(金)과 임(林) 두 사람이 검은 우산 하나를 받고 와서 섰다.

"방문을 꼭꼭 닫고 무얼 하나."

하고 웃는 모양이 어쩐지 편지 보던 것을 아는 것 같게 염려가 되나 그대로,

"아—니 좀 드러누웠었지—— 어서 올라오게. 비 맞고 섰지 말고……."

하며 그녀의 동작만 보았다. 자주 자기네 사랑같이 놀러 오는 그녀는 목달이 구두 끈을 풀고 기탄없이 방으로 들어가 털썩털썩 앉았다.

그녀의 주머니에서도 담배가 나오고 영식이도 담배함을 내어 놓아 각기 한 개씩 피워물고 두서없는 한담이 시작되었다. 이 말 저 말 하다가 언뜻 김이 영식에게,

"에그 참! 자네 담배 그만 끊게……."

"왜……."

영식이는 담뱃재를 떨면서 반문하였다.

"허 씨가 자네 담배 먹는 것이 좀 흠이라고 하더라 데……."

영식이가 심중에 나오기를 기다리고 있던 허(許) 씨(편지한 여자)의 이야기가 기어코 나왔다. 영식이 는 심중으로 퍽 시원하고 반가우면서도,

"허 씨라니……."

하였다.

"아따 자네 좋아하는 허정숙이 말일세. 허정숙이가 누구를 보고 그러더라네. 자네더러 사람은 좋은데 담 배를 먹는 게 좀— 재미 없더라고……."

영식이는 참을 수 없이 기뻤다. 그리고 그가 어디서 언제 누구에게 그런 말을 어떤 태도로(아주 언짢게 했는지 좋게 좀 흠이라고만 부드럽게 했는지……) 자 세히 알고 싶었다.

"그럴 리가 있나 그런 여자가 더구나 어느 남자를 보고 그런 말을 할 리가 있나…… 자네들이 부러 하 는 소리지."

"아닐세 이 사람아. 왜 허하고 같이 주일 학교 교사 노릇하는 조 씨가 아니 있나? 그 조 씨가 이 사람에

게(김 군을 가리키며) 어떻게 아주머니뻘이 돼서 자주 놀러 가거던 …… 바로 어저께 그러더라네. 그래서 이 사람이 듣고 왔거든…… 어쨌든 자네는 수 났네……."

하고 옆에 잠자코 있던 임이 가장 침착하게 설명한다. 다시 의심할 여지가 없었다. 확실히 성미 깔끔하고 독신자(篤信者)[3]인 그가 그런 말을 하였으리라. 그러나 과히 나쁘게 말은 아니하였겠지……하며 영식이는 머리 속에 성미 결백하고 행동이 얌전하여 여자끼리도 별로 교제가 적다는 얼른 좀 쌀쌀해 보이는 허를 그리면서 입으로만,

"나 담배 먹거나 안 먹거나 상관할 것 무엇 있나? 예배당에서만 안 먹었으면 그만이지……."

(속으로 벌써 절대로 안 먹으리라 결심을 하고도) 이렇게 말하였다.

"그러게 말이지. 모르는 남자의 일에 상관할 바도 없고 더군다나 그의 성미가 여자끼리도 남의 말을

---

3) 종교에 믿음이 깊고 확실한 사람.

잘 아니 하는 터인데 유독히 자네의 일을 그렇게 염려를 하니까 좀—으—수가 났단 말이지! 아닌가?"

하면서 김이 임에게 협력을 구하는 듯 얼굴을 향했다.

임은 담배 연기를 천장으로 대고 휘—— 뿜으면서,

"그래—— 어쨌든 보통이라고는 볼 수가 없어—— 그럴 듯도 한 일이 아닌가. 그도 미혼 처녀로 조금 있으면 노처녀라는 소리를 들을 터이고 그런데다가 자네로 말하면 그와 한 취미인 음악가야. 또 남자 간에도 이름난 미남자야……. 거 어찌 안 그렇겠나 뻔하지."

하는 소리에 김은 신이 나서 물었던 담배 불을 끄면서,

"그것 보아 내가 거짓말인가. 예배볼 때에도 그렇지. 자네가 아니 오는 날이면 그가 두리번두리번 찾다가 영 아니 오고 없으면 풍금 탈 때에도 풀이 하나도 없이 타고 예배만 끝나면 즉시 바로 달아나지. 또 만일 자네가 풍금을 타러 나갈 때면 그는 고개를 폭 숙이느니 예배가 끝나도 그렇게 급하게 가지 아니하고…… 그게 다—— 그래서 그러는 것 아닌가."

하는 것을 부인(否認)하듯,

"미친 사람들……."

하고 픽 웃기는 하나 기실 영식이는 그런 소리를 듣는 것이 퍽 기뻤다.

저들이 그 허에게서 내게 편지가 온 줄을 알면 얼마나 더 떠들까. 저렇게들 이야기하고 있는 허가 보드라운 손으로 마음을 다하여 쓴 편지가 저들 앉았는 그 옆의 책상 서랍에 들어 있는 줄을 알면 저들이 얼마나 나와 허의 이야기를 재미있게 떠들고 벌써 편지까지 오고가는 나와 허와의 사이를 얼마나 속으로 부러워하고 시기할까……. 현재 그 허에게서 반가운 편지가 와 있는 줄은 알지 못하고 저렇게 떠들고 있구나 생각할 때에 영식이는 자기 몸의 한없는 행복을 깊이 느꼈다. 저들과 자기와는 원래 별다른 차이가 있는 인물인 것같이 생각하였다. 그리고 그만치 허와 자기와의 사이는 다른 제삼자가 엿보지 못하고 짐작도 못할 비밀하고 친밀한 사이라고 느껴진다.

지금 가장 예민한 관찰과 추측을 자랑하는 김에게 내게는 벌써 이렇게 편지가 왔다네…… 하고 내어밀어 그가 벌써 편지까지 왔는가 하고는 놀래는 꼴을 보고 싶었다. 그래서 잠그지도 않은 저 서랍 앞턱에 있는 편지를 혹시 저네에게 들키면 어쩌나 하고 적지 아니 겁이 나는 한편에 저네들이 장난을 하다가 무슨 동기로든지 저 서랍을 열어 그 편지가 있을 줄은 꿈도 못 꾸는 저의 눈 앞에 드러났으면…… 하고 바라는 마음도 없지 않았다.

"여보게 한 턱 내게…… 여자끼리도 교제를 잘 아니 하는 그런 여자의 눈에 들고…… 한 턱 안 낼라나?"

하는 김의 소리에 영식이는 참지 못하고 빙그레 웃으면서,

"턱을 낼 일이 있어야 내지……."

하면서 창문을 드르륵 열고 문지방에 턱을 고이고 혼자 무엇을 보고자 하는 것도 없이 바깥을 보고 있다.

날이 흐려서 어느 때쯤이나 되었는지 분간을 할 수 없다. 다만 가늘은 비가 그저 부슬부슬 내리고 처마에서는 낙수물이 똑똑 떨어진다.

상(2)

지루한 장마가 겨-우 지나고 요새는 화끈화끈하는 햇볕이 다시 내리쪼이기 시작하였다.

영식이는 그 지루한 장마도 지루한 줄도 모르고 매일 퍼붓는 비를 귀찮은 줄도 모르고 가장 재미있게 행복하게 지냈다——. 꿀보다도 무엇보다도 달고 재미있는 첫사랑의 속삭거림에 다른 일은 전혀 모르고——.

허에게 편지를 주고받고하기 시작한 지 한 달 반쯤 되었는데 그 동안에 허에게서 온 편지는 아홉 번이나 된다. 영식이가 허에게 한 것보다는 둘이나 적지마는.

금화산록(金華山麓) 골바위 느티나무 밑 볕 안 드는 그늘을 골라서 돗자리를 집에서 갖다가 펴고 영식이는 앉았다. 그래도 나뭇잎 사이로 내려오는 햇볕이 헝겊 무늬처럼 얼룩얼룩 비치는데 그 조그만 볕이 얼굴에 동전짝만 하게라도 닿으면 뜨거운 인두를 가깝게 대는 것처럼 따갑다. 그는 사현금(四絃琴) 갑을 벼개로 베고 하늘을 쳐다보며 드러누웠다.

저녁 여덟 시가 퍽 지루하게 기다려진다. 여덟 시부터 청년 회관에 자선 음악회가 있는데 자기도 출연한다고 허에게서 어저께 편지가 온 까닭이다.

해는 아직 질 것 같지도 아니하고 따가운 볕이 돗자리 위해 듬성듬성 비친다. 드러누운 채로 팔목을 들어 양복 소매를 걷고 시계를 본즉 이제서야 다섯 시 반이 조금 지났다. 그는 담배가 먹고 싶었다. 영영 안 먹으리라 결심은 하였지마는──. 그 후에도 학교에서 누가 담배를 내어 주면 싫단 말 아니하고 받아 먹은 일이 서너 번이나 된다. 지금도 불현듯 담배 생각이 나서 없는 줄 뻔히 알면서 손이 양복 주머니로 들어간다. 역시 담배는 없었으나 들어갔던 손에는 편지가 쥐어 나왔다. 어저께 허에게서 온 아홉 번째 편지다. 몇 번이나 읽은 그 편지를 다시 내어서 글자 모양도 보고 내용의 구절 구절도 보는 중 또 눈이 '2년 후 영광 있게 졸업 성공하실 날을 낙삼아 기다립니다……' 하는 구절에 머무르고 어저께 처음 보고 가지 가지로 나던 생각이 또 되풀이해서 나기 시작한다.

내가 좋아서 정해 놓은 것은 아니나 내 정혼해 놓은

여자가 있는 줄을 알면 결코 이런 문구는 쓰지 아니하렸다. 그렇게까지 나를 믿고 있는 그가 지금이라도 내게 정혼한 여자가 있는 줄을 알게 되면 어찌하는가 단념하고 아는 체도 아니 할까. 내가 굳이 속인 것은 아니지만 속았다고 원망할까.

울까, 욕할까. 아니 아니 결코 울지는 아니 하리라. 속았다고 원망은 하겠지. 퍽 낙망하고 가슴 아프리라. 어쩐지 '내게는 정혼한 여자가 있습니다.' 하고 말하지 않고 있는 것이 그 여자 그 처녀 숙녀를 속이는 것 같아서 안 되었다. 그러나 실상 정혼한 것도 부모가 하신 것이지 내가 얼굴이나 보았을까 성질이나 알까……. 정혼해 놓은 것도 부모의 일이고 그 여자를 학비를 대어 주어 고등 여학교에 통학하게 하는 것도 부모의 일이고 나중에 후회할 것도 부모의 일이지 나는 그 일에 좋으니 그르니 의견 한 마디 말한 일 없이 모르는 일이니까 내가 반드시 그와 동거하지 안하면 안 될 의무도 없고 당자인 내가 그 혼인을 파혼하고 다른 곳으로 간대도 내 죄과일 것은 조금도 없으니까……. 무슨 죄악일까. 만일 허가 그 일을 알게 되거던 나는 사실대로 그것은 내가 정혼한 것 아니니까 당자가 부인하는 이상 어디까지든지 그것은 헛일일 것이요, 나는 진정으로 전 사랑을 당신에게 바친다고 말하리라. 오직 내게는 당신만이 있을 뿐이라고 하리라. 그러면 그가 어떠할까…… 내 말을 믿겠지! 아니 그래도 불안은 용이하게 없어지지 안 하렸다. 혹은 어쩌면 내말이 얼러맞추는 수작이라고 하지 아니 할까. 참말로 나는 지금 정혼했다는 데는 아무 뜻이 없는데……. 언젠지 학교에 가는 것을 길에서 그인줄로 알고 보니까 얼굴은 괜찮더구만 성질이 어떤지를 아나 취미 희망이 무엇인지를 아나, 결혼은 반드시 연애로써 성립되어야 하고 연애는 반드시 이성의 합치라야 진실한 연애라 한다는데……. 2년 후 졸업할 날 그렇다! 그 안에 파혼이 되도록 하리라. 결혼 생활을 하다가 이혼을 하여 보내는 것도 아니고 그 여자에게 아무 결(缺)될 것도 없으니까…….

그러나 2년 후 그 때까지 스물셋인 허가 기다려 줄까. 조금 가면 아니 벌써부터 헌 사람에게는 노처녀라는 소리를 듣는 그가 자기보다 두 살이나 아래인

(허는 아직 내 나이를 모르지마는) 내가 햇수로 3년이나 후에 졸업할 때까지 일 없이 기다려 줄까. 그 동안에 그의 부모가 강제로라도 시집을 보내렸다, 아니 아니 그래도 그는 다른 여성보다도 더 몇 갑절 깔끔하고 단단한 성격을 가진 그는 2년 3년이라도 꼭 기다려 주리라.

그는 편지를 머리맡에 놓고 양복 웃옷 속 주머니에서 포켓 일기를 꺼내더니 그 일기책 갈피에서 허의 조그만 사진을 꺼내 들었다. 왼쪽 이마에서 갈린 검은 머리가 바른쪽 눈썹을 거치고 지나 귀머리로 살짝 지나간 트레머리에 조금 갸름한 흰 얼굴을 조금 숙인 듯도 하고 아닌 듯도 하게 천연히 들고 크도 작도 안한 부드러운 코 밑에 입술을 여무지게 다물고 잠잠히 무엇인지를 주시하고 있는 조용한 그 모양. 지금 그가 가늘고 부드러운 애련한 듯한 소리로 '저는 영구히 당신의 것입니다. 졸업하실 날만 기다리고 있어요.' 하고는 잠잠히 초연히 섰는 것 같다. 어쩐지 사진에 뵈는 그가 애련한 자태로 자기의 졸업을 독촉하고 있는 것도 같다. 그렇게 느낄 때에 그는 희미하나마 일종 불안과 공포가 가슴 속에 환영(幻影)같이 나타나는 것 같았으나 즉시 빙그레하는 미소가 그의 입 모습에 떴다. 그리고 그는 그 사진 든 손을 하늘을 보며 드러누웠는 가슴 위에 놓았다. 물론 사진의 낯이 포근한 양복 세루와 마주 닿았다. 손은 그 위를 덮고……. 그는 눈을 스르르 감고 흰 적삼 검은 치마 입고 피아노 앞에 앉을 허를 생각하며 누웠다.

"영식이— 혼자 와 있네그려—."

하는 소리에 깜짝 놀라 벌떡 일어나며 사진과 편지를 급히 주머니에 넣으며 보니까 동네에 있는 친구 중에 가장 침착한 성질인 임이 모자도 안 쓰고 둥근 누런 부채를 들고 비탈진 길로 올라온다.

해가 많이 지고 겨우 어둡기 시작하였다. 빙수 파는 구루마에도 빙자(氷字) 쓴 등불이 달리고…….

영식이는 일곱 시쯤부터 서대문 우편국 앞 전차 종점 근처에서 이 때까지 어름어름하고 서 있다. 세—루 양복 말쑥하게 입고 원래 희고 고운 얼굴에 면도까지 새로 하고 그 위에 맥고모자를 산뜻하게 사뿐

엉어 쓰고 허가 오기를 기다린다. 그와 여기서 만나
자는 상약(相約)은 한 일이 없으나 공연히 마음이 내
키어 혼자 기다리고 있는 것이다. 여기서 기다리고
있었던 줄은 그가 알면 부끄러울 겁도 나면서…….
모화관 쪽에서 내려오는 사람은 많으나 허는 보이지
않는다. 문 안에서 나오는 전차는 사람을 가득가득
싣고 나와서 또 가득가득 싣고 들어가기를 벌써 10여
번째나 하였다. 야시(夜市)에 가는 사람들인지 연극
장에 가는 사람들인지 전차 기다리는 사람들이 가득
모여 서 있고 그 중에는 악박골 물터에서 돌아가는
물병을 든 부인도 있고 기생도 있다. 지나가는 사람
마다 기생을 보는지 모여선 군중을 보는지 고개가
틀어지도록 보고들 간다. 꽤 어두워졌다. 전차가 또
나왔다. 가득 탔던 승객들이 내리기도 전에 발등을
디디어 가며 몰려 타더니 그래도 10여 명이나 못 타
고 떨어져서 다음 차 오기를 기다린다.

　이윽고 감옥 출장소 앞에 예상하던 바와 같이 흰
적삼에 검은 치마를 입고 영식이가 여기서 기다릴
줄은 짐작도 못하고 허가 내려온다. 영식이는 가슴이

무엇에 놀랜 것같이 섬뜩하였다. 그러나 얼른 붉은 전등 달린 전주 밑 전차 기다리는 사람 틈에 끼어서서 가슴을 두근거리며 섰는데 허가 왔다.

그러나 그 군중 틈에 영식이가 있을 줄은 알지 못하는 허는 전차가 아직 아니 나오고 사람은 많고 하니까 군중과는 조금 떨어져서 혼자 얌전하게 악보를 손에 들고 섰다. 영식이의 가슴은 도수(度數)도 없이 뛴다. 저의 옆으로 슬쩍 지나갈까 그냥 모른 체하고 있을까 헤매는데 전차는 또 가득이나 싣고 나왔다. 전차의 정차하는 그 옆으로 모여드는 군중과 함께 영식이도 되도록 허와 만나도록 뒤떨어져 전차 승강구로 다가섰다. 허도 맨 나중에 다가서다가 영식이를 보았다. 갑자기 붉어지는 얼굴을 숙여 누가 볼까봐 언뜻 인사를 하였다. 영식이는 누가 볼까 겁하여 맥고 끝에 손 끝을 댈랑말랑하고 고개를 잠깐 숙여 인사하였다. 무언(無言)! 영식이가 승강구 손잡이를 잡고 서서 허에게 올라타라는 뜻을 표하였다. 허는 허리를 잠깐 굽히는 듯하며 먼저 타시라는 뜻을 보이더니 얼른 올라탔다. 영식이도 뒤따라 올랐다……

벌써 만원이었다. 간신히 허만 차 안으로 들어서고 영식이는 차장대에 섰더니 차장이 자꾸 들어가라 하므로 억지로 비집고 들어섰다. 그러는 동안에 전차는 떠났다. 쫓아타려는 노파 하나를 본 체 만 체하고…… 만원이라 복잡한 틈에 억지로 끼인 영식이와 허의 몸은 한데 닿았다. 어디선지 훈훈한 바람이 일어나 얼굴에 와 부딪고 따스한 그의 체온이 몸이 맞닿은 그리로부터 자기 몸에 옮아오는 것을 느낄 때에 가슴은 제어할 수 없이 울렁거린다.

그는 벌써 취한 사람같이 멀건──하다. 차장이 와서 차표 내라는 소리에 어떻게 하여 좁은 틈을 부벼대고 차표 두 장을 떼어 주니까 한 분은 누구냐고 물으므로 턱과 눈으로 허를 가리켰다. 그랬더니 차장이 아무 말 없이 차표 한 장을 도로 주며 빙그레 웃는다. 영식이의 얼굴은 옆에 사람 민망하게 빨개졌다. 그러나 그나마 허가 돌아섰기 때문에 그 꼴을 보지 못하여 다행하였다. 그러는 동안에 차는 벌서 홍화문 앞 구세군영을 지난다. 내리는 사람은 하나도 없고 그 좁은 데 기생 하나가 또 올라 비집고 들어섰다.

영식이는 허와 기생 틈에 바싹 끼게 되었다. 기생의 몸둥이에서 나는 이상한 냄새가 코를 찌른다. 까닭없이 그것이 싫어서 고개와 몸을 돌려 허를 향하였다. 더 한층 허의 몸이 신성해 보인다. 아무 냄새도 나지 아니하고——.

영식이는 무릎을 꼿꼿이 펴고 허와의 키를 대어 보았다 검은 그의 머리가 코에 닿는지 눈에 닿는지 한다. 꼭 합격하는 소리가 속에서 나다 말았다.

영식이는 가만히 서서 다른 데로 향할 곳 없는 눈을 허에게로 쏟는다. 손잡이 가죽끈을 붙들고 섰는 그의 팔뚝은 전광(電光)에 비치어 희다 못하여 창백하게 보인다. 통통하고도 걀쭉걀쭉한 옥 같은 그 손과 그 손 끝에 반짝반짝 빛나는 희고 맑은 손톱, 저 어여쁜 손이 피아노 건반 위에서 춤을 추리라 생각하며 물끄러미 볼 때에 복스럽게 부드러운 손을 가진 그가 퍽 행복스러워 보인다. 깔끔한 성질을 설명하는 듯한 조금 파리한 듯한 그 턱에서 귀 밑까지의 티없는 맑은 살과 보기에도 서늘한 적삼 동정에 싸여 희고 맑고 부드럽고 따뜻해 보이는 가슴 위 살을 부러운 듯이 들여다보고 있는 영식이는 취하고 취하여 정신 잃은 사람 같았다.

전차는 어느덧 종로에 닿았다. 한 사람도 중간에서 내리지 아니한 승객은 의논한 듯이 모두 내렸다.

허의 뒤에 10여 보쯤 떨어져 서서 불빛 불그레하고 사람 와글와글하는 야시(夜市)를 눈며 보지도 아니하고 청년회로 들어갔다──. 허는 악사석(樂師席)에 영식이는 일등석 중에 앞턱 가깝게 앉았다.

아홉 시나 가까워서 개회는 되었다. 순서는 진행되어 간다.

허의 피아노 독주도 무사히 마치고 밤이 깊어서 폐회되었다. 막혔던 물이 터지듯이 쏟아져 나오는 군중 속에 끼여 나온 영식이는 전찻길 앞 버드나무 밑에 서서 허의 나오기를 기다려 올 때와 같이 10여 보쯤 떨어져서 걸어 역시 만원되어 복잡한 전차를 타고(그러나 이번에는 간신이 자리를 얻어 앉아서) 새문 밖에서 내려서 모화관까지 가기는 동행하게 되리라. 동행을 하게 되면 무슨 이야기를 할까…… 생각하였다. 그러나 무슨 이야기를 하리라는 결정도 나지 못해서 전차는 종점에 닿았다. 우둥우둥 일어서서 좁은 문으로 차례차례 내릴 적에 영식이는 의외에 형(사촌형)을 만났다. 한차에 타고 오면서도 승객이 많아서 몰랐던 것이다.

"어디 갔다 오세요."

"배오개 좀 다녀온다. 구경갔다 오니?"

"아——니요."

하며 둘이 전차에서 내렸을 때에는 허는 주춤주춤하다가 벌써 7,8보쯤 간다. 누구 만난 줄로 알았겠지…… 별로 하는 이야기도 없이 갑갑해 하는 생각으로 형보다 앞서지 못하고 가면서 돌다리에서 꺽이기까지 흰 적삼, 검은 치마의 뒷모양을 희미하게 보면서 걸었다. 그가 꺽인 넓은 골목을 형과 지나면서 고개를 돌려 들어보았으나 그는 벌써 보이지 않고 희미한 길 끝에 천연정(天然亭)이 검게 우뚝히 보일 뿐이었다.

밤은 깊다.

상(3)

보름쯤 지났다. 편지가 네 번이나 오고가고 삼복으로 기어가는 여름날과 함께 둘의 사이는 나날이 뜨거워져서 거의 백열에 이르렀다. 영식의 허를 죽도록 사모하는 정은 자칫하면 제 힘으로 제어치 못할 인간 본능의 불길에 탈 듯 탈 듯하다. 그러나 영식이는 어디까지든지 연애의 신성을 믿었다. 그 신성을 존중하였다.

이 곳 저 곳에 청년회가 일어나고 교회마다도 청년회가 신성(新成) 혹은 부흥되어 올여름에는 변(變)으로 강연회와 음악회가 많다──. 오늘도 어느 엡윗 청년회 주최의 음악회가 종로 청년 회관에 있어서 음악회라면 빠지는 일 없는(서로 알게 된 후부터 더욱) 허와 영식이는 음악회를 보고 누르끼레한 시계 비치는 경찰서 앞을 전후하여 걸어 전차에 올라 앉았다. 허의 맞은쪽 줄에 앉았는 학생 몇 사람과 순경 두 사람이 시선을(허 외에도 트레머리 여자가 두 사람이나 있었건마는) 허에게로만 쏟는다. 영식이는 알지 못할 만족과 행복을 느꼈다. 세인(世人)이 못 갖는 귀진품(貴眞品)의 소유자 같은 기분으로——. 여러 가지 사람의 여러 가지 심중을 태운 전차는 반도 신문사 앞을 지나 야주개(당주동)를 지난다. 영식이는 또 이런 일을 생각한다.

'오늘도 으레 종점까지 아니 가고 새문턱에서 내리리라. 그래서 그와 나는 성 밑 컴컴한 길로 기탄없이 이야기를 하며 가리라. 행인도 없는 길로⋯⋯ 오늘은 또 무슨 이야기가 나오려나⋯⋯. 오오 내가 그 이야기를 할까. 그가 말을 먼저 내겠지⋯⋯.'

어느 틈엔지 차는 흥화문 앞을 지나 새문턱에 닿았다. 차장이 말리는 것을 모른 체하고 영식이는 뒤로 내렸다. 사람 없는 적적한 길에 내리자 차는 다시 잉— 소리를 내면서 닫는다. 보니까 허는 벌써 앞으로 내려 있었다.

처음 이 길로 가게 될 때에는 영식이가 '이 길은 몹시 컴컴합니다.' 하면 허는 '좀 컴컴은 해도⋯⋯.' 하면서 웃기도 하였으나 이제는 아무 말도 없이 허가 성 밑 비탈길로 올라가고 영식이는 보호자같이 그 뒤를 따라 올라간다. 전당국(典當局) 대문 전등을 지나서면 성 밑의 길은 퍽 캄캄하였다. 그 캄캄한 곳을 걸어가게 되자 둘 사이의 간격은 퍽 가까워졌다.

"오늘 그 붉은 옷 입고 키 큰 서양 부인의 피아노 독주는 퍽 재미있지요?"

허가 캄캄한 앞만 보고 가면서 말했다.

"애—— 좋더군요. 그러나 오늘 나는 맨 나중에 경성 악대의 조선 고가(朝鮮古歌)가 좋더군요. 양악(洋樂)으로는 처음 듣는데……."

"예, 좋긴 해도 무슨 소린지를 몰랐어요."

"그게 방아타령이라는 것입니다. 그것 좋지 않아요? 방아타령이라니까 속되고 야비한 것같이는 들려도……."

하고 영식이가 설명처럼 말하니까 허는 역시 앞만 보고 가면서,

"조선 노래도 말이 야비하고 천해 그렇지, 곡조는 좋은 게 많은 모양이예요."

한다.

"예—— 그렇습니다."

두 사람은 술집 많은 곳을 지난다. 좌우에 늘어 있는 순대국집에는 지금도 흥정이 좋아 집마다 5, 6명씩의 노동자, 어떤 집에는 관청 하인 같은 양복쟁이 두엇이 술잔을 들고 떠들고 있었다. 그네는 이 길로 여자가 지나가거나 무엇이 지나가거나 술밖에는 알 바 없었다.

　　허와 영식이는 국 냄새 나는 그 곳을 얼른 지났다. 다시 컴컴한 속을 걷게 되었다. 어둠 속에 더욱 우중충한 독일 영사관 옆을 지날 때 허가,

　　"그런데 참 여쭤 보려던 것이 있어요."

하고 돌연히 꺼냈다.

　　"예? 무엇입니까?"

　　"저……요새 안 것인데요……."

펙 주저한다.

　　"무엇 말씀입니까? 제 이야기예요?"

　　"조금도 무슨…… 저── 제가 드린 편지나 사진이나 다── 될 수 있으면 도로 주시던지, 주시기 원치 않으시면 태우시던지……."

　　의외의 말에 놀란 영식이는 그의 말이 끝나기도 전에,

“왜요! 왜 그러십니까? 예? 무엇 때문에 그런 말씀 하십니까? 예?”

허는 겉으로 보기에 퍽 태연히 걸어가면서,

“제가 편지로나 말씀으로나 하시는 말씀이 모두 진실이예요? 예? 모두 허위 아니예요?”

“왜 또 그런 말씀을 하십니까? 그럼 정숙 씨께서 제게 하신 것도 모두 거짓입니까?”

“아——니요.”

“그럼 왜 그런 말씀을 하십니까? 무엇에서 허위를 발견하셨습니까?”

“저—— 들으니까. 야, 약혼하신 이가 계시다구요.” 하면서 여전히 고개를 까딱도 아니하나 걸음은 좀 느리게 걷는다.

‘기어코 나왔구나.’

영식이는 속으로 부르짖고도,

“누가 그래요.”

하고 걸으면서 허의 얼굴과 입을 옆으로 보았다. 조금 안으로 숙인 듯한 고개, 흰 얼굴, 가는 목, 그가 연한 여성으로 일종 질투의 정에 속을 태우는 것으로구나 하고 볼 때에 더 한층 곱게 맑게 처녀답게 연하게 보인다.

"저는 그렇게 누가 그러더라는 말까지는 아니해요. 누가 그랬던지 사실은 사실이지요."

"어느 때든지 말씀을 자세히 하려던 것입니다. 사실은 사실입니다. 그러나……."

그러나 하는 그 뒷이야기가 허의 가장 듣고자 하는 것이었다. 그러나 천연동으로 가는 큰 길로 나갈 길은 벌써 지나쳤다. 둘이 다같이 벌써 큰 길로 나가게 된 것은 애처러워하였다.

조금도 무엇을 생각할 겨를도 없이,

"이야기를 마저 하고 가시지요."

영식이 말에 동의를 표하는 듯의 허는 잠잠히 있었다. 두 사람은 큰 길로 나갈 길을 제쳐 놓고 그대로 가던 길로 다시 계속하여 걸었다. 벌써 그것은 방향 없는 걸음이었다. 둘은 누가 가잔 말도 한 일 없이 독립문으로 가는 길을 내어놓고 그 옆으로 놓인 조그만 길을 걸어 사람 없는 성 밑 월암(月巖)바위 위로 갔다. 세상은 죽은 듯이 고요하고 멀리 감옥소 안에 높은 전 등불이 보인다. 영식이는 흠 없는 바위 위에 앉았다. 허는 나중에 거기서 조금 뒤로 떨어져 조그만 소나무 옆 잔디에 앉았다.

인적도 없건만 영식이는 가는 소리로 낮게 이야기를 시작하였다. 그러나 허의 앉은 곳은 높고 좀 간격이 떨어져서 잘 들리지 않는다.

"잘 안 들립니다."

한참이나 이야기를 하다기 이 소리를 듣고,

"안 들려요?"

하면서 벌떡 일어나 주춤주춤 올라와 어름어름하다가 허의 옆에 엉거주춤하고 앉았다. 영식이는 재주와 수단을 다하여 허가 충분히 알아듣도록 자기 의사로 정혼한 것이 아닌 이상 어느 때까지든지 그 정혼이라는 것을 나는 인정하지 않는 것을 거듭거듭 말하고 허가 중간에 무슨 말을 낼 새도 주지 않고 뒤를이어,

"결혼은 반드시 연애로써 되지 않으면 안 됩니다. 연애는 반드시 이성의 합치라야 됩니다. 나는 정숙 씨를 이 점에서 사랑하며 나의 전부를 바칩니다."

고 몇 번이나 거듭거듭 말하였다. 엉거주춤하고 앉

앉던 영식이는 어느 틈엔지 편하게 털썩 앉아 있었다. 허는 만족한 모양이다. 전부를 다── 안 모양이다. 영식의 심중을 샅샅이, 그리고 튼튼히 믿는 모양이다.

"그렇지만 처음 그런 소리를 듣고야 어디 그래요?"

만족을 얻은 후의 허의 말은 이러하였다.

"그러나 일면으로 보면 그런 불안, 의혹, 시기가 중간에 생겨서 그 연애는 더 강하고 더 뜨겁고 더 깊어가는 것입니다."

허는 잠잠히 있었다. 그러나 입에는 미소를 띠고…… 두 사람은 묵묵, 밤은 적적, 한참이나 있다가 영식이는 그만 내려가리라 생각하면서 무언지 내려다보며 잠잠히 앉았는 허의 옆 자태를 본다. 무심하게…… 흰 뺨 위에 검게 늘어진 머리카락이 바람에 하늘하늘 흔들리는 것이 보인다. 영식의 가슴은 점점 무심해진다. 그 때,

"아이고 밤이 깊으니까 그래도 산들산들한 것 같아요."

"왜 추우세요?"

하고 때아닌 소리를 물으며 영식이는 전신이 오싹하고 전기에 찔리듯 찌르르함을 느꼈다. 가슴은 두방망이질을 친다. 저의 바른손은 늘 부러워하던 통통하고도 갸름한 피아노 잘 타는 흰 손목을 쥐고 있었다. 웬일인지 허는 손을 잡힌 채로 고개만 외면을 하고 가만히 있었다. 보드럽고 따뜻한 그 손목으로서 옮아오는 따스──한 기운을 느낄 때에 그의 머리는 다만 황홀할 뿐이었다. 그는 다시 왼손을 가져다 쥐고 있는 손을 어루만졌다. 뛰던 가슴은 조금 쉰 듯하다. 그 손을 놀 마음은 물론 지금도 없다. 그러나 제 낯으로나 본능으로나 그대로 쥐고만 있을 수는 없다. 그는 벌써 본능이니 무엇이니 알지 못하게 되었다. 고개를 돌리고 가만히 내어 버려 두는 그 손을 왼손으로 옮겨 쥐고 조금 바싹 다가앉으며 바른손으로 그의 뒤를 뻗어 그의 ○○○○를 ○○○○다. 그는 역시 ○○○다. 가슴은 도수 없이 뛸 때로 뛰고 머리와 얼굴이 화끈화끈한다. 그는 그대로 한참이나 가만히 앉았다. 몸이 무엇에 눌린 것처럼 덥다. 그는 바삭바삭하는 검은 머리가 자기 턱에 간지럽게 닿는 것을 깨

달았다. 그리고 뒤미처 그의 더운 가슴이 벌럭벌럭 뛰는 것을 알았다. 가만히 앉아 있었다. 그는 벌써 본능에 정복되고 말았다. 그는 벌써 연애니 신성이니 인생이니 우주니 알 바가 없었다. 머리가 어디 붙었는지 상관없었다.

그는 잡고 있던 손을 놓고 그 손을 길게 뻗어 그의 ○○○○를 ○○다. 아무○○도 아니한다. 본능과 본능이 저 하고 싶은 대로 한다.

밤은 깊어 간다. 바위도 자고 소나무도 자고 세상이 모두 자는데 이 밤의 비밀을 알기는 오직 오직 창공에 졸린 듯이 깜박이는 별뿐이다.

중(1)

아아 무서운 죄악의 그 날 밤! 왜 내가 그런 일을 하였던가…….

불의의 그림자는 오래도록 영식의 가슴에 머물러

있어, 그를 고민케 하였다. 순결, 신성, 그것이 모두 지금의 영식에게 전혀 헛문자였다. 자신에도 의외인 그날 밤의 행사가, 그 찰나까지 그를 존귀히 알고 믿고 또 위하던 신성의 보옥을 소호의 여지도 없이 깨뜨려 버린 것이다. 시커먼 먹으로 함부로 흐려 버린 것이다.

어째서 그런 나답지 않은 마음이 생겼을까……. 어떻게 내게 그런 야비한 짓을 할 마음이 생겼었을까…… 기어코 나는 비열한 자이고 말았다. 하등류(下等類)였다.

농담 잘하는 김 군이,

"흥, 그 피아노의 녹신녹신한 섬섬 옥수를 턱 잡고……. 흥 참 행복자일세."

하며 비웃는 편보다도 부러운 듯이 떠들 적에 자기는 농담인 것도 잊고, 몹시 그를 천시하였다. 저런 사람이 이성을 접하면 반드시 그 손목을 잡고 별별 추행을 하리라 추상하고 내심으로 그가 자기의 벗임을 잊은 것같이,

"에이! 더러운 놈."

하였다. 그리고 그럴 때마다 남자들이 이렇게 모이면 여자의 소문을 이렇게 하고, 이런 야비한 소리를 하면서 웃고 떠드는 줄 알면, 그런 여자가 남자를 어떻게 생각을 할꼬……하고 일종 가벼운 공포를 느꼈다.

　어느 때는 여럿이 모인 틈에서, 남자들은 모이면 여자의 이야기를 저렇게 태연히 떠드는데, 나는 너무도 남자로서는 약한 것이 아닐까 하고 의심도 하였다. 그런데 그 날 밤에 한하여선 내가 그게 웬일이었을까? 세상에 그 일이 들춰날 때에 사람들은 얼마나 야만시할까. 얼마나 비열한 자라고 치소 할까……. 그렇게 되는 날 나는 무슨 낯을 들고 어떻게 살아갈 수 있을까.

　세상에는 영구한 비밀이 없다 하는데 이 일에 한하여 영구히 드러나지 말라는 법이 어디 있을까. 아아 —— 남이 알게 되는 날 어떻게 무슨 낯을 들란 말이냐. 남은 그만두고 우선 집에서부터 어쩌랴——. 영식은 그런 일을 생각할수록 머리가 무겁고, 희미해지고, 앞일이 아득하였다. 그는 때때로 그 고민 속에서 헤어나오고자 하였다.

지나간 일은 다시 좌우치 못할 것이거니와 선후책으로야 종전의 결심대로 자기가 허에게 말로나, 편지로나 말한 그대로 학교를 마치기 전에 지금 약혼 중인 것을 파혼을 하고, 허와 자기와의 결혼을 부모가 허락하시도록 주선하면 그만이라 하였다. 비밀이야 허와 내가 입 밖에 내지 아니하는 이상, 결코 발로될 리는 없을 것이라 하였다. 그래서 이런 생각으로 자기를 심한 번민 중에서 구해내려 하였다. 그러나 아무래도 피하지 못할 절대 책임과 어떻게든지 허의 일신 일생을 잘 주선하여야 할 절대 의무를 싫거나 좋거나 짊어지게 되었음을 생각할 때에는 무엇인지 무겁고 캄캄한 느낌이 머리를 흐리고 흐리고 하였다.

이상한 일로는 자기가 약혼한 것이 아닌 이상 반드시 결혼, 동거해야 할 의무는 없다 하여, 그와 파혼을 하고 허와의 결혼에 허락을 얻도록 하리라던 결심이 약해진 것이다. 그것이 새로운 심려였다. 지금의 자기에게는 그렇게 하는 수밖에는 조금도 다른 길이 없는데, 아무리 애를 태워도 완엄한 부모의 앞에서 그런 말이 나올 것 같지 않았다. '지금 젊은 애들은 하나도 쓸 놈 없더라.' 그렇지 않으면 '부모의 말 안 듣고는 되는 놈이 없느니라.' 늘 이런 말씀을 하던 것이 지금 와서는 더 어렵고 무겁게 울렸다.

"왜 이녀석아, 하라는 공부는 아니하고 동네 여학생을 쫓아다니니? 벌써 색시를 정해 놓고 학비까지 대어 주는데 색시 집에서 들으면 좋아하겠다. 왜 그 하는 일 없이 트레머리에 모양이나 내고 예수교 같은 데로 사내나 후리러 다니는 년을 왜 쫓아다니니? 아니긴 무엇이 아니야. 편지질을 밤낮 한다는데 너의 애비가 그런 줄 알아보아라. 너를 지금 철석같이 믿고 있는데, 네가 트레머리한 계집애하고 맞붙어 다니는 줄 알면 가만 둘 듯 싶으냐?"

하고, 어디서 누구에게 들으셨는지, 조모님이 이렇게 하시는 말씀에 그는 너무나 의외의 일에 놀랐다.

"누가 그래요?"

"누군 누구야. 저 이웃집 형이 보았다더라. 밤이 이슥했는데, 네가 그 계집애하고 나란히 서서 아래 덕국 공관(독일 영사관) 골목에서 나오더라드구나. 미장가 전 녀석이 그게 무슨 짓이냐. 그년은 무슨 계집이길래 남의 집 장가갈 신랑을 꼬여 가지고, 밤새도록 끌고 다니니……. 너 이 다음에 또 그런 소리가 들려 보아라. 네 아비에게 일러서 아주 집에를 못 들어오게 하든지, 방에다 꼭 가두고 나가지를 못하게 하든지 할 테니…….”

“누가 그런 보지 못한 소리를 잘 해요. 윗집 형은 왜 일수나 잘 받으러 다니라지, 제 뒤 쫓아다니래요? 본 소리 못 본 소리를 모두 어른께 여쭙고…….” 하고는 벌떡 일어나서 옆에서, 옷 꿰매시던 모친이 무엇이라고 말씀을 하는데 듣지도 아니하고 밖으로 나왔다. 다만,

“저런 녀석 보게!”

하는 조모님의 소리만 뒤로 흘려 들었다. 그 후에도 조모님과 모친은 자주 그런 말씀을 하였다. 그럴 적마다 영식이는 밖으로 나와서 친구의 집을 찾아가서 늦도록 놀다가 돌아왔다. 집에서 그런 소리를 듣고 불쾌하여 나온 영식이는 친구 틈에 가서 자네는 행복자일세. 처복이 좋으이 하거나, 혹은 흥, 두 음악가가 턱 결혼을 해가지고 양옥집 하나 조그마하게 짓고,

조석으로 내외가 하나는 피아노 타고, 하나는 사현금 타고…… 그런 팔자가 어디 있냐……, 하고 부러운 듯 조롱하는 소리에 도리어 위안을 얻는다. 그리고, 집에 들어가면 전보다 더 몇 갑절 부친의 눈이 무서웠다. 혹시 그 일을 벌써 알고 계시지나 아니한가 싶어 방금 그 말씀을 꺼내시지나 아니하는가 하여 될 수 있는 대로 부친의 앞을 피하였다. 그럴수록 번민은 점점 더해 가고 집 안에 있는 것이 전혀 뜨거운 냄비에 콩 볶는 것 같았다. 세상 아무 곳을 향하고 찾아도 자기의 번민을 알고 동정하여 줄 사람은 허 한 사람밖에 없었다.

그는 지금 어떻게 지내는가……. 그 밤 후 영—— 3주일째 되도록 만나지 아니한 영식이는 허의 일이 몹시 궁금하였다. 친구들이 일요일 오후에 와서,

"자네 오늘 왜 예배보러 아니 왔었나. 허가 몹시 자네를 찾데."

하는 걸 보면, 그는 그 후에도 예배당에는 여전히 잘 다니는 것이었다. 그러나 자기는 만나서 어찌하나, 무어라 할까 하여 공연히 마음이 조이고 가슴 뛰어서

일체 가지도 않았다. 편지도 무어라고 어떻게 쓸는지 몰라 영영 아니하고, 3주일째 되도록 그대로 있었다. 허는 지금 어떻게 지내나…….

몹시 금시에 가 보고 싶도록 궁금했다.

3주일째 지나고, 그 다음 월요일 아침에 책보를 끼고 대문을 나서다가 우편 배달부와 맞닥뜨렸다. 그 손에 들린 분홍빛 양봉투를 보고, 그는 벌써 허에게서 오는 것인 줄 알았다. 배달을 받은 것은 봉투 외에 조그마한 소포도 있었다. 소포도 허에게서 온 것이었다. 이상하여 소포를 먼저 펴 보니까. 『나의 화환』이라는 서양 시(詩)의 어여쁜 책이었다. 길을 가면서 편지를 뜯었다. 무어라고 쓰기가 거북하여 이때껏 아니하였는데 그는 무어라고 썼을까 하여 궁금하였다. 보니까, 내용은 길어도, 그 밤에 관한 것은 그림자도 보이지 아니하고, 그 전의 편지와 별로 다르지 아니하였다. 오늘 아침 예배에도 안 오셨기에 궁금해서……, 라는 구절은 있었다. 아무 소리도 쓰여 있지 아니해서, 그는 마음이 놓였다. 딴은 그에 관한 일은 조금도 쓰지 말고 모른 체하고 평상시같이 썼으면 그만일 것이다 하였다.

중(2)

그 다음 일요일이었다. 영식이는 오래간만에 예배 참례를 하고 왔다. 예배 시간 전에 사무실에서 허와 맞닥뜨렸을 때, 그는 전력을 다하여 아무렇지도 않은 듯이 차리고 잠시 인사만 하였다. 그래도 남이 보는 데 얼굴이 붉지나 않았던가 하여 염려되었다. 허는 아주 태연하여 보였다. 그의 그렇게 태연한 태도가 도리어 기뻤었다. 인사는 극히 평범하게 끝났다. 아무도 그 곳에 있던 다른 사람들이 그 이상 두 사람의 관계를 아는 이는 없었다. 거기 섰는 허가 이미 처녀가 아님을 아는 사람이 없었다. 생각하던 것보다 퍽 평범하게 쉽게 일없이 허와 만났고, 헤어지고 예배도 무사히 보고하여 영식이 마음은 저으기 편하여졌다. 허와 그의 친구, 조가 나란히 무슨 이야기인지 속살대며 예배당 문 밖 어귀에서 꺾이는 것을 보고 나서

영식은 김과 임을 사랑으로 들여보내며,

"내 옷 벗고 나옴세."

하고 안으로 들어갔다. 웬일인지, 오늘은 부친이 이 때까지 집에 계시다.

자기 방인 아랫방으로 들어가서 옷을 벗고 다시 사랑으로 나가는데,

"영식아!"

하고 부친이 부르시므로,

"예."

하고, 대청으로 향하였다.

"이리 올라오너라."

무슨 일일까. 가슴을 두근거리며, 마루 위로 올라가셨다. 두려운 부친의 눈이 얼굴을 몹시 보더니,

"너 거기 앉아서 이것 좀 읽어라. 무슨 소리인지."

하고 내미시는 것을 보니까, 의외의 그것은 허에게서 온 편지였다. 몸이 오싹하였다. 머리가 쭈뼛하였다.

무슨 벽력이 내리려는가. 그는 벌써 고개를 들 힘이 없었다. 두 손길을 마주잡고 머뭇머뭇하고 있었다.

"왜 안 읽어."

뇌성같이 부친의 음성은 울렸다. 영식은 깜짝 놀랐다. 부친의 말씀은 계속 되었다.

"하라는 공부는 아니하고, 밤낮없이 돌아다니며 계집질이나 하고, 이놈 누구냐, 이 편지한 계집이 누구냐, 뉘 딸이냐 말해라. 혼처까지 정해 놓고 얼마 안 있어 장가를 갈 놈이 학교에 다닙네 하고 계집질이나 하고……. 누구야, 그게 뉘 딸이냐 말해라 이 놈. 일전부터 그런 말이 들리더라만 그래도 그놈이야 아직 어린 놈이 설마 하였더니, 아까 웬 다홍빛 편지가 오기에 무엇인가 하고 보니까, 이놈아 그게 모두 무슨 소리냐, 사모하는 건 다 무어고 사랑이란 다 무어야. 공부 아니하고, 그런 것 배우라디? 이번 일요일에는 꼭 오시라고? 왜 네가 없어 예수를 못 믿겠다더냐? 가지고 오너라. 편지 온 것 다 가져와 어서."

영식이는 지금 어떻게 해야 좋을지를 몰랐다. 파혼 이야기도 지금 해야겠고, 허와의 이야기도 지금 해야 될 것이다. 그러나 이렇게 계집이니, 무어니 하고 머리에서부터 잡된 명사를 붙이니, 어떻게 그런 말을 꺼내다가는 어느 지경까지 갈는지 몰라서, 이리도 저리도 못하고 다만 머리와 가슴이 무겁고 캄캄할 뿐이었다.

"가져와!"

또 뇌성같이 울렸다.

"왜 가만히 섰어. 안 들리니? 어서 가져와. 계집에게서 온 건 다 가져오너라."

영식이는 이리도 저리도 하는 수 없으니, 에이 하고 아주 말을 내려 하였다. 그 때 안방 미닫이 문을 반쯤 닫고 앉으신 조모님이,

"가져오너라, 어른의 화만 돕지 말고. 못 가져 올게 무어 있니, 이 다음부터만 안 그랬으면 그만이지." 하신다. 말씀이 끝나자,

"그래도 섰을 터이냐?"

날카롭게 부친의 음성이 울렸다.

"아니야요.. 그렇게 나쁜 여자는 아닙니다."

"무얼 어째?"

하는, 날카로운 음성에 영식이는 또 쭈뼛하였다.

"한다할수록…… 이놈! 부모 앞에서 그 계집 자랑을 할 테냐? 나쁜 년이 아냐? 나쁜 년이 아니면 왜

남의 집 사내 보고 편지질을 하니. 무어 사랑이야, 사모한다는 건 무어냐. 이놈 부모가 꾸짖으면 다소곳하고 듣는 게 아니라 나쁜 여자는 아니야? 어디서 그런 것을 배웠니. 그렇게 그 계집이 못 잊히면 나가거라. 나가서 그 계집하고 살든지 말든지 나는 그런 꼴 안 본다. 그게 자식이냐 무어냐? 나가──. 섰지 말고 어서 나가거라. 편지 다 짊어지고 나가."

점점 큰일 났다 생각하였다. 그러나 사랑에 김과 임이 있을 생각을 하니까, 속이 더욱 줄아든다. 부친의 음성이 크면 클수록 자기 가슴을 칼로 베는 것 같았다. 더구나 김이 들으면 금방 조가 알고, 조가 알면 반드시 허의 귀에도 들어갈 터인데……, 하고 걱정을 하고 섰다.

"나가, 어서 보기 싫다."

음성은 점점 커졌다. 이제는 돼가는 대로 될 밖에 없다고 결단하고 섰을 때에, 도리어 나가라는 소리는 무섭지 않으나 다만 밖에 섰는 김과 임이 들을걸 하고 그래서 이 말이 허에게까지 갈 일이 걱정된다. 말 좋아하는 김이 밖에서 이 말을 죄다 듣고 가서 여럿이 모인 데서 가장 잘 아는 듯이 부친의 음성을 그대로 흉내를 내면서 떠들 일, 조에게 전하여 허가 듣고 어떻게 생각할까 하는 등을 생각하고 섰다. 젊은 남녀가 손에 손목을 잡고, 도망가는 양도 눈에 보이는 듯 생각된다. 이대로 안 나가면 등을 밀어 내 보내시지 않으려나 생각도 난다. 지금쯤 조모님이 말려 주시련마는……. 하여도진다. 이 요란한 중에도 잠시꿈 속 같이 공상이 드는데 또,

"어서 나가."

하고 뇌성같이 울려서 깜박 깨었다.

"이애야, 사랑으로 가거라. 행여 이담에는 그런 년하고 상종하지 말고……."

조모님의 부드러운 음성이 성인의 말씀같이 들렸다.

조모님은 다시 부친을 보시고,

"이제 그만두어라. 저도 그만하면 정신을 차리겠지……."

하심에 부친은 잠자코 계신다.. 그래도 곧 나갈 수가 없어 가만히 섰었더니 조모님께서,

"어서 나가, 그리고 서서 화만 돋지 말고 어서."

하시므로, 슬금슬금 내려가 사랑으로 나갔다.

사랑에는 어느 틈에 갔는지 김과 임은 있지 아니하였다.

그 후 며칠이 되지 못하여 그의 동무들은 모두 알고 있었다. 허에게서 편지 자주 오던 일, 그로 인하여 부친의 노염을 사서 내어 쫓길 뻔한 일을 낱낱이 알고 있었다.

"에끼 이 사람, 그렇게 편지 왕래까지 하면서 겉으론 혼자 점잖은 체한단 말인가?"

보는 대로 이런 말을 하지마는, 그런 소리 듣는 것쯤은 영식에게 아무렇지도 않았다. 아주 평범하게,

"아는 사람에게 편지하기로 점잖지 않을 게 무언가."

할 뿐이었다. 그런 후부터는 어쩐 일인지 그네의 비웃는 듯한 농담이 좀 적어졌다. 그러나, 그런 일은 영식이 마음에 아무 관계 없었다. 요사이 영식의 머리와 마음은 학교 주소로 온 허의 편지에,

"영식 씨를 위하여 제가 희생자가 되어, 영구히 홀

로 울밖에 없을까 봅니다."

한 구절로 가득 찼었다. 김이 조에게, 조가 허에게 말을 옮겨 간 것이 눈에 보이는 듯하였다. 조가 전하는 말을 듣고 이미 처녀도 아닌 그가 얼마나 놀라고 얼마나 가슴이 쓰렸을까. 잡년이니 나쁜 년이니 한 소리를 그대로 옮겼으리라. 설마 면대해서야 그렇게 전했으랴. 아니아니 여자끼리 만나서,

"에그 막 뉘 딸이냐, 어떤 잡년이냐고 별별 욕을 다하더랍니다."

하였을 것이다. 그렇다. 분명히 그랬을 것이다. 그런 소리를 듣고, 오죽이나 분하였을까. 오죽이나 속이 상하였을까……. 그 소리를 듣고 사흘 낮 사흘 밤이나 잠을 안 자고 울었다 한다. 자기의 일신이 영식 씨에게서 멀리 떨어져 가지 아니하면 영식 씨의 학문도 일신도 전 생활이 파괴되고, 세상에 소문만 나쁘게 퍼질 대로 퍼지겠고……. 아무리 잠을 안 자고 생각하여도 자기가 울면서라도 영식 씨를 위하여 멀리 떨어져 가기 않으면 안 되겠다 한다. 그리고 그것은 자기 일생의 전 희생이라고 한다. 영구히 영구히 홀

로 있어 이 때까지 주신 영식 씨의 사진과 편지를 읽으면서 늙겠다 한다.

이 쓸쓸한 세상에서 끝끝내 외로이 영식 씨를 그리워하다가 죽겠다 한다.

그 중의 서너 곳 글자 획이 잉크가 부옇게 풀어진 것을 보면 분명히 그가 쓰면서 울던 눈물 자국이었다……. 아아 정숙 씨!…… 그는 허공을 쳐다보고 불렀다. 편지 쥔 손이 주먹으로 쥐어져서 바르르 떨릴 때 눈에는 눈물이 고였다.

벌써 가을인가 싶은 따뜻한 오후, 해가 서천에 기울고 서대문 감옥의 굴뚝에서 검은 연기가 느리게 흐르고 있었다.

중(3)

9월도 벌써 그믐이 가까워서 아침저녁으로는 저으기 산들산들한 맛을 알게 되었다.

하늘도 시원스럽게 개여, 구름 한 점 없이 따뜻한

토요일 오후 3시쯤이다.

금화산(金華山)4) 뒤 능으로 가는 좁다란 길 옆 잔디밭에 아까부터 온 영식이가 앉아서 허가 오기를 기다리는즉 시간을 어기지 않고 산밑 과수원 사잇길로 걸어 그가 왔다. 다른 때같이 얼굴이 붉어지거나 하지도 않았다.

"퍽 기다리셨지요."

"아니요. 온 지 얼마 안 됩니다."

서양 사람처럼 처음 반가워하는 품은 악수나 할 것 같았으나 이렇게 간단한 문답으로 인사는 대신되었다. 그리고는 예정이나 했던 것처럼 영식이가 앞을 서서 능으로 가는 송림 사이의 꼬불꼬불한 작은 길로 걸으면서,

"오시다가 누구 만나지 않으셨어요?"
하니까.

"네——. 냉동 신작로에 오다가 전도사를 만나 보고는 아무도 안 만났어요……."

---

4) 현재 서울특별시 서대문구 충정로2가에 있는 산으로 둥그재·원교라고도 했다. 무악의 한 봉우리 이름이다.

하면서, 뒤를 따라 걸었다. 크지도 깊지도 않은 솔밭을 이리저리 길따라 꼬불꼬불 걸으며, 두 사람은 솔밭 밖으로 나왔다. 거기에는 일본인이 식목을 하면서 무슨 나무인지 한 자 길이쯤 되는 묘목이 보기좋게 나란히 심겨 있었다. 여기서 편편한 길대로 가면 애우개⁵⁾ 너머 굴레방다리⁶⁾로 가는 줄을 영식이는 뻔히 알았다. 그리고, 그 중간에 부인네 많이 모이는 빨래터가 있는 줄도 알았다. 이 날도 방망이질 타닥타닥 하는 소리가 멀리 울려 들렸다. 영식이는 그 길을 피하여 묘목 사잇길로 걸어 수직하는 일본 집 앞을 지나 그 끝 솔밭으로 들어갔다. 허는 그대로 뒤를 따랐다. 이윽고 두 사람은 송림 속 일광이 새어 들어오는 곳, 풀 위에 자리를 잡고 앉았다. 벌써 그 너머는 애우개로 통한 양화도(楊花渡)⁷⁾로 가는 길이고, 저 언덕

---

5) 서울특별시 마포구 아현동에 있는 고개. 서대문네거리에서 충정로삼거리를 지나 마포구 아현동으로 넘어가는 고개.
6) 서울특별시 마포구 아현동에 위치한 마을로 바퀴살처럼 다리를 걸쳐놓았던 데서 유래되었다. 한자명으로 늑교(勒橋)라 하였다. 지금은 다리가 놓였던 개천을 복개하여 차도로 이용한 지 오래되었다.
7) 서울특별시 마포구 합정동에 있던 마을로, 양화나루, 큰나루 인근에 있던 데서 유래되었다. 양화대교가 놓여진 곳에 해당된다.

끝으로 서강(西江) 와우산(臥牛山)8) 머리가 보였다. 손수건을 펴고, 그 위에 앉아서 허는,

"참 많이 왔어요."

하였다.

"네 꽤 멀리 왔습니다. 요 너머가 양화도 가는 길이고, 저기 보이는 게 와우산이라는 것입니다. 그리고 그 앞 저기로 넘어가면 연희 전문 학교가 있습니다."

잠시 잠잠하다가 허가 자기 구두코를 내려다보면서,

"그런데 요새는 말씀을 덜 하셔요?"

하였다.

"집에서요? 요새는 학교에만 갔다 와서는 별로 나오지 아니하니까요. 감시를 퍽 몹시 하시지만 편지도 오는 것 없고, 밤에도 아니 나오고 하니까 아무 말씀 없습니다. 퍽 염려되셨지요?"

"댁에서 그러셔서서 어떻하면 좋아요."

또 잠깐 잠잠하였다. 그러나, 곧 다시 계속되어 피

---

8) 서울특별시 마포구 상수동에 있는 산. 무악산의 지맥이 남쪽으로 이어지는 능선에 자리한 산으로, 소가 누운 모양이라고 해서 와우산(臥牛山)이라고 불렀다.

차에 서로 매일 밤 속을 태우는 이야기가 한참 동안이나 길게 설파되었다. 그러나, 어제까지 편지를 써 보낸 그 말을 되풀이한 것밖에 아무 새 말이 없었다.

"댁에서는 편지 자주 오는 것을 의심 아니하십니까?"

하고, 잊었던 것을 새로 기억한 듯이 새삼스럽게 물었다.

"네, 집에서는 그리 의심 아니하셔요. 전에 학교에 다니던 동무에게서도 늘 오고, 서양 부인에게서도 자주 오고 하니까요……."

"그렇기만 하면 다행입니다."

"그렇지만 요새는 집에서도……."

"네? 댁에서도…… 무엇이야요?"

"오늘 뵈오면 말씀하려고 편지로도 아니 여쭈었어요."

"네── 괜찮습니다. 무어야요, 아셨습니까?"

"아──니요."

하고는 무슨 말을 하려는지 퍽 머뭇머뭇하다가 고개가 조금 더 숙어지면서,

"저어 혼처가 났다고 하셔요."

무엇에 눌린 것처럼 한참이나 둘이 다 잠잠하였다. 잠잠히 허의 수그린 트레머리를 보던 영식이는 돌연히 여러 가지 이상한 생각을 하게 되었다. 오오 시집을 자꾸 가라고 하시니까 어쩔 수 없이 가야겠다는 말을 하려는구나 생각하였다. 오오 인제 생각하니까, 나를 위하여 자신을 희생하여 멀리 떨어지겠다는 소리도 오늘 이 소리를 하려고 전제로 한 말이로구나 생각하였다. 고개를 수그리고 아주 약한 자인 것처럼 풀없이 앉았는 꼴이 밉게 보였다. 전후 머리를 한데 모아다 머리 뒤로 비비튼 꼴도 미웠다. 그 트레뭉치에 빗 꽂은 것도 몹시 미웠다. 그 밤 이후 일종의 죄악의 공포를 느끼는 그가 어느 때는 고민하다가, 에그 그가 다른 곳으로 시집이나 슬쩍 갔으면 아무 일 없이 시원하겠다는 생각도 한 때가 있었다. 그러나, 지금 자기 앞에서 혼처 이야기를 꺼내는 것은 한없이 밉다. 그 때 고민 고민하던 끝에 그런 생각이 날 때에 그래도 자기는 즉시 내가 이런 생각을 하는 것은 죄악이다 하고, 그 마음을 없이하였었다. 아아 그런데 지금 허는 혼처가 있으니까, 그 곳으로 가겠다고 생각을 한단 말이다.

아아 여자의 마음은 알 수 없었다. 한데 모아 비비틀어 놓은, 그 머리같이 갈래가 많구나, 알 수가 없구나, 하였다. 고개를 숙이고 잠자코 있는 것이 더욱 밉다. 그러나, 어쨌던 소리나 시원히 들으려고 전력을 다하여 은근히,

"그래 그리 시집을 가시렵니까?"

"네."

하고는 여전히 고개를 숙인 채로 앉아서 대답하고 다시 말을 이어,

"미국 갔다 왔는데 서른한 살이나 되었대요. 자기는 아내를 천천히 얻으려도 그 노모가 하나 있는데 병객이어서 오래 못 살겠으니까 올해 안으로 며느리를 보게 하라고 해서 혼인을 속히 해야 할 터인데 하필 저를 늘 보았다고 저하고 결혼을 하자고 한 대요……"

"그래 어떻게 하시렵니까?"

묻고는 그를 노린다. 간다면 손찌검이라도 할 것같

이 그의 눈은 노기에 찼다. 허는 여전히 고개를 숙인 채로,

"가긴 어디로 가요. 아버지께서는 그가 상당한 인격자이고, 또 그처럼 내게 말을 하는데 싫다는 수도 없거니와 너도 여태 돌아만 다녔지 살림살이를 보고 배운 게 없는데, 그런 이가 구혼하니 그런 다행한 일이 어디 있느냐."

고 하시고, 어머니께서는,

"그가 인물도 잘 나고 미국에서 돈도 좀 모아 가지고 왔으니, 살림이 구차하지도 않을 터이고, 또 그가 외국까지 다녀왔으니까, 아내를 위해 줄 줄도 알 테고, 그런 좋은 데가 어디 있느냐고 가라고 자꾸 하시지만……."

"그런데 어떻게 안 가십니까?"

그의 눈의 노기는 그대로 풀어지지 않았다.

"그러시거나 말거나 나만 안 가면 그만이지요. 끌어 가겠어요?"

"왜 안 간대요. 무슨 핑계로요?"

"핑계야 핑계델 게 어디 있어요?"

"그럼 어떻게 안 간다나요?"

"싫으니까 안 간다지요."

"왜 무엇이 싫테요?"

"그냥 싫으니까 안 가겠다고 안 가면 그만이지요."

어느 틈엔지 영식의 눈에 분기는 사라지고 그 눈도 풀없이 아래를 향하였다.

영식이는 겨우 마음이 놓였다. 심중으로 '고맙습니다' 하였다. 그 손목을 꼭 쥐고 '아! 나의 정숙(貞淑) 씨 감사합니다!' 하고 싶었다. 역시 신성하여 보였다. 자기의 마음을 그에 비하여 보고, 몹시 자신이 동요가 심한 것을 부끄러워하였다.

"저도 집에서 무어라 하시거나 영(永) 그리로는 가지 않으렵니다."

"그러노라니 댁내에 풍파만 일어나고 오죽합니까?" 하면서 고개를 겨우 조금 든다. 그 동안에 시간이 퍽 지난 것 같아서 해가 꽤 기운 것을 알았다. 머리 위에 솔잎이 흔들리는 것을 보았다. 잠시 조용한 틈에 빨래 소리는 멀리 여기까지 들렸다. 어디서인지, 누구인지 휘파람 부는 소리가 나므로 주의하니까 표박가

(漂迫[9]歌)였다. 본즉, 저 아래 묘포 옆으로 양복 입은 학생 하나가 책보를 끼고 가는 것이 보였다. 아마 연희 전문 학교 학생이 돌아가는 것인가보다 생각하고 안심하였다. 표박가의 휘파람 소리는 그 학생이 안 보이게 된 뒤에도 들려왔다. 영식이는 다시 자기 일을 생각하였다. 공부나 한 뒤 같으면 아무 데를 가더라도……, 생각하였다. 새삼스럽게 표박가를 또 생각하였다. 눈 오는 벌판으로 애인의 손목을 잡고, 노래를 부르며 표박하는 철인 '후에어쟈'를 생각하였다. 그리고, 그 뒤에는 자기와 허가 끝없는 벌판으로 표박가를 부르며 흘러 돌아다니는 모양이 눈에 보였다. 아아, 졸업만 한 후였다면……, 생각할 때에 잠잠히 있던 허가 한숨을 쉬더니 맞잡고 있던 손으로 옆의 풀 한 줌을 뜯으면서,

"에에——, 아주 사람 없는 아무도 없는, 먼데 가서 살았으면 좋겠어요."

하였다. 영식이는 의미 있게 들었는지,

---

9) 고향을 떠나 정처 없이 떠돌아다님. 예를 들면 표박문학은 구비문학을 말한다.

"아무 데구 가는 거야 무엇이 어려워요? 가기야 쉽지만 가서는 어떻게 합니까?"

하였다. 허는 한참이나 잠잠히 있다가 웃는 소리같이,

"세상에 돈 없이 사는 나라 없나요?"

하였다. 영식이도 픽 웃었다. 몹시 그윽히 쓸쓸한 웃음이었다.

벌써 얼마 아니 있어 해는 질 것 같았다. 어디서 생겼는지 없던 구름이 조그마하게 저쪽 얕은 곳을 흐른다.

하(1)

11월 18일.

자기는 안 가겠다고 몇 번이나 말씀했으나 들은 체만 체하시고, 부친께서 그와 상의하여(상의보다도 그가 하자는 대로) 혼인은 그 날로 정하셨다고, 허의 편지를 받은 영식은 벌써 가슴이 무엇에 쫓기는 것 같았다.

암만하면 그 날 혼인이 될 줄 아나? 하고 언뜻 이런 소리도 하였으나, 그래도 책상 위에 걸린 일력을 떼어 들고 11월 18일 날짜를 찾아보아졌다. 목요일이었다. 벌써 오늘이 11월 5일! 이제 2주일도 남지 못했다.

어떻게 해야 좋을까, 이것은 벌써부터 속을 태워 오던 생각이지마는 이제는 이제는 우리 집에서만 허락한 대도 소용이 없이 되었다. 지금 와서는 오직 도망! 그것밖에 취할 길이 없이 되었다. 그러나, 지금 어떻게 도망갈 꾀가 있나……, 어디로 가서 어떻게 살아갈 수가 있을까……, 생각할수록 가슴만 뻐개질 것같이 무겁고 답답할 뿐이고, 졸업만 한 뒤였다면……, 하는 소리만 한숨과 함께 덧없이 반복되었다.

다음 다음 날 일요일에는 다른 때보다도 빨리 예배당에서 허를 기다렸으나, 웬일인지 그는 영 오지 않았다. 웬일일까?…… 하는 생각이 영식이 가슴을 더 번민케 하였다. 속을 썩이어서 집에 파묻혀 있는가, 혼인 때까지 그 부모가 내보내지를 아니하나? 그는 집에서는 지금 혼인 준비에 분망하렸다. 아아, 그 속에 파묻혀 있어서 허가 오죽이나 가슴이 타랴. 별별 궁리를 다 하여서, 내 편지만 고대하고 있을 것이다. 이런 생각을 하면서, 허의 사진을 책상 위에 들고 앉은 그의 머리에는 거번(去番)[10]에 금화산 뒤 능림 속에서 둘이 이야기하던, 그 모양이 떠돈다. 속상하는 듯이 옆의 풀 한 줌을 북 뜯어서,

"아주 먼—— 사람 없는 데가 가서 살았으면 좋겠어요."

하던 그 태도가 눈에 보이고, 그 말 소리가 귀에 들리는 것 같다. 너그럽지 못한 여자의 속을 그렇게 태우는 그가 지금 얼마나 나의 무능을 탄식하고 있을까……. 그까짓 주변 하나를 이겨 내지 못하는 남자! 자기가 스스로 생각한 이 소리가 영식의 마음을 더 괴롭게 조였다.

주변없는 사나이! 이 소리로 더 마음을 울리고, 끊이고, 태우고 하는 영식이는 두 번째나 부친의 문갑

---

10) 지난번(말하는 때 이전의 지나간 차례나 때).

을 열고 한성 은행(漢城銀行)11)의 통장과 소절수 책을 주물렀으나(小切手冊), 부친의 허리띠에 달린 염낭[囊]12) 속에 들어 있는 인장을 어쩌지 못하여 만질 때마다 낙심하였다. 그것도 틀렸다! 하고 절망의 소리를 발할 때 그의 머리는 벌써 단말마(斷末魔)13)에 미쳤다.

벌써 겨우 1주일 남았다. 파멸의 날이 절박해 왔다. 고민 고민하다가 영식이는 에에 얼른 시집이나 가 버렸으면, 이런 생각까지 하였다. 그러나 그러나 그

11) 1897년 2월 서울에 설립되었던 민족계 근대적 은행. 김종한 등 거물급 재계인사들이 자본금 20만원으로 설립하였다. 민간인에게 환전 및 금융업무를 주요 목표로 영업을 시작하였으나 뜻대로 되지 않아 개점휴업하고 1903년 2월 합자회사 공립한성은행으로 개편하였다. 1905년 금융공황으로 일본 다이이치은행의 융자를 받는 등 일제의 자본에 전적으로 의존하게 되었다. 1906년 3월 주식회사 한성은행이 되었으며, 그해 10월 수원지점, 1908년 2월 동막출장소를 개설하였다. 이후 많은 지점과 출장소 등이 개설되었다. 1922년부터는 일본인들의 경영참여가 허용되었고, 그 뒤부터는 일본인들이 전무 및 은행장을 독차지하게 되었다. 1941년 경상합동은행을 흡수 합병하였고, 1943년 동일은행과 합병하여 조흥은행을 설립하였다.
조흥은행은 1999년 4월 충북은행과 강원은행을 합병하였으며 2006년 4월 1일 옛 신한은행과 통합하여 (주)신한은행이 되었다.
곧 현 신한은행의 전신이 바로 한성은행이다.
12) 두루주머니(허리에 차는 작은 주머니의 하나).
13) 임종(臨終)을 달리 이르는 말. 불교에서는 숨이 끊어질 때의 모진 고통을 의미한다.

날 밤의 일을 언뜻 생각할 때에 그는 몸이 쭈뼛하였다.

죄악이다! 그의 머리는 이 전기에 찔려 떨렸다. 아아 어떻게 할까……. 주변없는 남자! 이 소리는 또 그를 몰아세웠다. 어떠한 수단으로든지 이 주일 안에 처단을 하여야 한다. 어떠한 희생을 바치든지…….

단말마에 미친 그는 기어코 윗집 백부의 철궤를 생각하였다. 집어만 가지고 달아나서 자세한 상서를 드리면 그만이지, 설마 나를 고발을 하려고……. 그 집에 가면 사랑 전당포에도 돈궤가 있고, 안방에도 철궤가 있다.

기회를 엿보아 틈만 있으면……, 하고 이렇게 생각을 정하니까, 마음이 조금 덜 무거운 것 같다.

전부터 자주 가지는 않았지마는 허와의 일을 그 집 사촌 형이 조모님께 여쭈었다는 뒤부터는 같은 모화관(慕華館)[14] 한 동리건마는 일체 가지 아니하던 터이라, 이제 새삼스럽게 가는 것도 우습고 이상하지마

---

14) 서울특별시 서대문구 현저동에 있었던 객관(客館)으로 조선시대 명나라와 청나라의 사신을 영접하던 곳이다.

는 그래도 어쩌는 수 없어 다만 사촌 형만을 피하기 위하여 매일 저녁 때 가까워서 그가 일수 받으러 나가고 없을 때에 갔다. 백부는,

"공부하느라고 그 새 한 번도 아니 왔니?"

하시고 백모는,

"아이구, 너 오래간만에 보겠구나, 그런데 얼굴이 왜 그렇게 못 됐니?"

하시는 말씀을 들을 때에 저절로 주춤하기도 하였으나 가족답게 친척다운 친하고 사랑스런 맛을 그윽히 느꼈다. 누구보다도 모든 일에 동정까지 해주실 것 같다. 그러나 잠자코만 있었다.

"이 닭을 언제 사 오셨어요? 그놈 큰데요. 얼마씩이나 주셨어요? 새벽엔 잘 울어요? 여기는 고양이가 오지 않아요? 아랫집에는 고양이가 어떻게 많은지……, 그 대신 쥐는 적어요."

하고, 마음에 없는 소리를 애써 늘어놓으며 기회를 엿보기를 2~3일째 하였다. 그러나, 전당포에는 서사가 잠시도 떠나지를 않고, 안에는 백부가 출입을 일체 아니하시고 하여 틈이 없었다. 그러나 2~3일 더 틈을

보면 기회가 있겠지 하고 그리 낙심하지 않았다.

놀러 갈 겨를이 없어서 별로 가지도 않았지만 한 번 큰집에 가는 길에 동무를 만나서 그와 함께 늘 모여 노는 사랑에 가니까, 장난 좋아하는 김이 빙글빙글 웃으면서 곡조도 잘 모르는 장한몽가(長恨夢歌)[15]를 말까지 고쳐 가지고,

인왕산 밑 성길을 산보하는
최영식과 허정숙의 양인이로다.
둘이 함께 산보함도 오늘뿐이요…….

하는 것을 옆에 있던 다른 사람들이 김을 보고, 눈을 흘기며 혀를 차는 얼굴에는 그윽히 자기에게 동정하는 빛이 보였다. 그 기색을 본 뒤로는 자기 몸이 갑자기 더 애처롭고 심산하게 생각되었다. 매일 기회를 보지만, 기회는 이때껏 얻지 못하고 허의 혼인은 내일 모레로 닥쳐왔다. 너무 근심을 하고 속을 태운 탓

---

15) 일제강점기 창가의 한 곡명으로 이상준(李尙俊)의 『신유행창가집(新流行唱歌集)』에 「나팔가」·「산보가」·「청년경계가」 등과 함께 수록되었다.

인지, 머리가 떵하고 소변이 순하지를 않아 무슨 병 중 같기도 하여 염려되었다. 벌써 모레인데 이제는 모두 허사다……. 낙담 실망!

기진 역진16)하여 이제는 다시 어찌할 힘도 없이 늘어진 영식이가 해질녘에 집에를 들어가니까, 사랑 많으신 조모님과 모친께서 근심하시며,

"이 애야, 네가 요새 왜 밥도 잘 안 먹고 얼굴이 저렇게 못 되어 가니……."

하시는 말씀을 듣고, 가슴이 벌꺽 터질 것 같고, 어느덧 눈물이 가득히 고여서 대답도 아니하고, 고개를 폭 숙였다. 부모가 너무 완엄하셔서 일생의 대사를 어린 몸이 저 혼자 이때껏 애를 쓰고 다닌 일을 생각지 못했고, 부모가 너무나 야속하였다. 그런 생각을 하노라니, 벌써 눈물이 흘러서 옷자락에 떨어지므로 그대로 자기 방으로 돌아왔다.

그 밤에 자리에 누워서 내가 이대로 죽으면……; 생각이 나서 한없이 부모의 일이 야속하여 자꾸 울었다.

---

16) 기진맥진(기운이 다하고 맥이 다 빠져 스스로 가누지 못할 지경이 됨).

하(2)

영식이는 번민하는 대로, 허는 자기 집에 있는 채로 기어코 혼인날은 왔다.

어떻게 되려노……, 허가 그냥 갈 터인가……. 허가 신부복을 입고 그 자동차를 그냥 탈 터인가, 그리고 예배당에를 가서 그 층계를 밟고 목사의 앞에 나가서……, 아아 하나님과 주님 앞에 맹세를 드릴 터인가. 처녀도 아닌 몸이, 아아 죄악이다. 열이 오를 대로 오른 그는 학교에도 아니 가고 중얼거렸다. 그가 갈 터인가, 처녀 아닌 그가 잠자코 갈 터인가, 신부복을 입을 터인가, 뜻없는 남자와 백년을 살겠다고 주(主) 앞에 맹세를 드릴 터인가.

그 때 목사가 일반을 향하여, '여러분, 오늘 이 두 사람이 결혼을 하는 데 대하여 이의를 말씀하실 분이 계십니까?' 하고, 물을 때 오오 그 때 아아 그 때 내가 가서, '있소.' 하면, 어찌될 터인가.

"그 신부는 이 몸 나와 모든 형식보다도 실제로 결혼한 지가 오래였소."

하면, 어찌될 터인가? 그럼 허가 어쩔라노——.

아아 그래도 안 입으리라. 강제에 어쩔 수 없으면? 그러면 자살? 아아 허가 자살을 하여——, 아아 어찌 되려노, 그가 자살을 하고 내가 따라 죽고, 그러면 고집을 세우던 부모들이 후회를 하겠지. 저 좋아하는 사람하고 혼인을 해줄걸, 공연히 우겼지 하고 울겠 지……. 그는 벌떡 일어나 옷은 두루마기 그대로 모 자만 집어 얹고 집을 나섰다. 어디를 갈 곳도 없이 그는 어슬렁어슬렁 감영(監營) 앞에 이르렀다. 덮어 놓고 문 안 들어가는 전차에 올라탔다.

전차가 새문턱을 지날 때에, 오늘은 이 곳 예배당에 서 예식을 한다니까 이 길로 자동차가 다니리라 생각 하면서 정동길을 보았다. 그 길에는 서양 부인두 사 람이 걸어오는 이뿐이고 아무것도 없었다. 차가 흥화 문(興化門)17) 긴 담을 지날 때 비로소 영식이는 어디 를 갈까 생각하였다. 연극장에나 갈까 하였으나, 목

17) 서울특별시 종로구 신문로에 있는 조선시대의 궁문으로 서울특별시 유형문화 재 제19호이다. 1616년 건립된 경희궁의 정문으로 1932년 이토 히로부미를 기리는 박문사(博文寺)로 옮겨져 정문으로 사용되었다. 해방 후 신라호텔의 정문으로 사용되다가 1988년 현재 위치로 다시 이전하여 복원되었다.

요일이니까 낮 흥행이 없었다. 차가 광화문 앞을 지날 때, 본정 희락관(本町 喜樂館)[18]에 매일 낮 흥행이 있는 것을 깨닫고 바로 황금정에 가서 내려 본정을 꿰뚫고 희락관으로 들어갔다. 연속사진(連續寫眞), 일본 구극(日本舊劇)[19] 등을 좋은지 언짢은지 알지도 못하고 멀거니 앉아 그래도 끝까지 보았다. 오후 4시까지 잠시 번민을 잊고 있다가 다시 밖으로 나와 가슴 쓰린 번민을 또 할 생각을 하니까 몹시 덧없었다. 그러니, 이번에는 도리어 오늘 혼인 일이 몹시 궁금하여서 바로 집으로 나왔다. 그러니, 어디 누구에게 오늘 소식을 들을 수가 없었다. 그래도 알게 되겠지 —— 하고, 집에 들어가니까 의외에 허에게서 편지가 와 있었다. 심히 이상하여 급히 뜯어 본즉 연필로, 암만해도 인간의 일을 조종하는 운명의 실줄이 매어

---

18) 1915년 유락관(有樂館)이란 이름으로 만들어져 운영되다 1918년 희락관(喜樂館)이란 이름으로 개칭되었으며, 1945년 화재로 소실된 일인 극장이다. 현재 4호선 명동역 앞 밀리오레 건물의 위치이다.

19) 조선 순조(純祖) 때 시작되어 광무(光武) 연간 이래 원각사(圓覺社)와 광무대(光武臺)에서 상연된 연극으로, 1912년 구극을 주로 하는 극장인 광무대가 지금의 을지로에 건축되어 구극계의 중심이 되었다. 구극은 이인직이 원각사에서 신극을 상연하면서부터 모습이 바뀌었다고 한다.

있는가 봅니다. 필경에 주님도, 부모도, 세상도 모두 속이고 허위와 죄악의 생활을 하게 되었습니다. 뜻아닌 생활에 끌려가는 이 몸이 무슨 행복과 무슨 안락을 바라겠습니까, 며칠이나 살는지 세상을 떠날 그날까지, 귀하를 그리워하다 죽겠사오며, 영원히 남이 될 귀하에게 일생에 마지막 드리는 붓이오나 쓸 틈도 없었고, 눈물이 종이를 적시어 길게 쓰지 못하옵고, 오직 지옥의 생활로 들어가는 몸이 오직 한 구절 '괴테'의 시를 드리고 갑니다.

그나마 넉넉히 피할 수 있는 길을 부모의 억제로 희생이 되오니 더욱 애통합니다.

희생의 고기[肉]는 여기 있도다,
그것은 양도 아니고
아아! 그것이 인육의 희생일 줄이야!
마지막 당신의 Ｃ Ｓ 상

거듭 그 밤에 배달된 신문에 신랑 신부라 하고 신랑과 허의 사진이 나란히 났었다.

하(3)

그 뒤부터는 영식이는 거의 실신한 사람이었다. 늘 눈에 보이는 것이 월암(月岩)[20) 바위 위의 그 날 밤 일이었다. 아아 그는 처녀는 아니었다.

그래도 지금은 시집을 가서⋯⋯, 남편을 섬기고⋯⋯. 영식이는 그 뒤, 자리에 누워서 고민할 때에 언뜻 이런 일을 생각하였다. 말로는 희생이니 무어니 하여도 기실은 싫단 말 없이 간 것이 아닐까⋯⋯. 미국에서 나온 이!

저네들 일부 여자가 자유의 나라라고 아메리카 천지를 동경하는 것도 사실이고, 이상의 남편을 미국 유학생에 구하려는 것도 숨기지 못할 사실이었다. 아아 허도 그 한 사람이 아니었을까! 아아 싫단 말 없이 갔다! 아니 아니 지금 여자가 모두 그래도 허에 한해서는 아니다. 분명히 그렇지 않다.

그것은 내가 믿는다. 희생이었다! 희생이었다! 매

---

20) 서울특별시 종로구 누상동 불로천 동북쪽 부처바위 너머에 잇는 바위로, 다리 바위를 줄여 달바위라고 했는데, 한자명으로 월암(月岩)이라고 했다.

일 매야 이것으로 헤매었으나, 이 날까지 어느 편이 그 옳은 관찰인지 알지 못했다.

　그는 얼빠진 꼴로 길을 걷는다. 부드럽고, 희고, 곱던 얼굴은 얄미운 편에 가깝게 누렇고 말랐다. 무슨 중병을 치르고 난 사람 같았다. 그는 길을 걷는다. 무엇 잃어버린 사람같이…… 그리고 길로 가다가 차에서나 길에서나 여자가 지나가는 것을 본다. 볼 때마다 잠시 잊었던 그 날 밤의 일이 생각난다. 아아 저 여자도 다 여자인 이상 반드시 비밀이 있다. 저렇게 허처럼 태연히 지나간다. 그러나, 그에게 비밀의 죄악이 없다고 무얼로 변명을 하느냐, 무얼로 증명을 하느냐. 아이 저기 또 여자 하나가 온다. 이 세상이 넓다 하기로 그 누가 저 여자의 신성을 증명할 자냐. 아아 비밀이다. 세상은 비밀이다.

　그의 이 관념은 나날이 도를 가하여 간다. 그 날 밤의 일이 눈에서 사라지지를 않았다.

　그 다음 일요일의 오정 때, 문 안 가는 차에 그는 탔다. 그 차가 새문턱을 지날 때, 정동 예배당에서 나온 이인지 트레머리[21]한 여자와 중산모(中山帽)[22]

쓴 이가 많이 기다리다가 모두 올라 탔다. 그 중에 가장 새 양복 입은 신사 하나와 그 앞에 새 옷 입은 여자 하나, 그가 허고 허의 남편이었다. 영식이는 쭈뼛하였다. 머리가 화끈화끈하고 가슴이 울렁울렁하였다. 뒤미쳐 그 뒤 신사가 차표 두 장을 내어미는 것을 보고, 그는 참다 못하여 고개를 돌렸다. 이윽고 자리를 잡아 앉은 허가 영식이를 보았다. 영식이 역시 가슴을 울렁거리면서도 고개는 또 그 부인을 향하였다. 할 수 없는 듯이, 그러나 태연히 허가 반쯤 일어나 고개를 굽혀 인사하였다. 이것 저것 생각할 사이도 없이 무의식적으로 모자 끝에 손을 대고 고개를 잠시 굽혔다. 그리고는 저편에서 어쩌거나 더 볼 용기도 없이 고개를 돌리고 아주 무심하게 일없이 앉았다가, 차가 홍화문 앞에 쉬일 적에 그는 급히 뛰어내렸다. 차가 저만큼 지난 후에 그는 달아나는 차를 바라보며, 아아 그는 역시 부인이었다! 하였다. 그는 다시 걸었다. 걸어서 도로 새문 밖을 향하였다. 그는

---

21) 가르마를 타지 않고 뒤통수의 한복판에다 틀어 붙인 여자의 머리.
22) 중산모자(꼭대기가 둥글고 높은 서양 모자).

또 중얼거렸다.

　그가 흔히 전에 처녀가 아니었었던 줄을 누가 아느냐, 남편도 모른다. 그의 부모도 모른다. 아무도 모른다. 여자의 비밀을 누구라서 알 것이냐, 그 밤에 떴던 그 별이 말을 아니하는 이상, 그 천공이 말을 아니하는 이상, 땅이 말을 아니하는 이상, 누구라 그 비밀을 알 자이냐. 정부의 비밀은 샐 때가 있다. 궁내성(宮內省)23)의 비밀은 알 수가 있다. 그러나, 여자의 비밀을 누구라 알 수가 있느냐. 아아 저기 여자가 온다. 점잖은 여자다. 쪽을 지었으니 남편 있는 여자다. 그러나 그 이상의 비밀을 누가 아느냐.

　중얼거리면서 그는 금화산 길을 향하였다. 산에는 별이 따뜻하지만 그래도 산상이라 바람이 차다. 그는 털썩 주저앉았다. 눈 앞에 내려다보이는 경성 시가를 보고, 아! 비밀의 세상에 무엇을 안다고 와글와글하

---

23) 일본 황실에 관계된 사무나 천황의 국사 행위 중 외국 특명전권대사의 접수나 의례에 관한 사무 및 옥새와 국새의 보관을 관장하는 일본 내각부에 소속된 일본의 행정기관이다. 1869년에 궁내성을 설치하였으나 세계대전이 끝나고 1947년에 일본국 헌법이 시행되면서 궁내부가 되었다가 1949년에 궁내청으로 개칭하였다. (위키백과)

는가……. 바둑돌같이 늘어놓인 지붕, 저것이 모두 죄악이 숨은 집이다. 모두 비밀의 소굴이다! 아아 세상의 여자, 그의 신성을 누구라 말하느냐, 그의 무죄를 누구라 증명하느냐. 집에서는 나의 혼처를 정해 놓았다. 내년 봄에 혼인을 하라 한다. 그렇지만 그 여자의 일을 누가 아느냐? 입고, 먹고, 학교에 다니는 것은 그 부모가 알겠지, 그러나 어떻게 그 이상의 일을 부모는 아느냐. 그가 어느 때 어느 날 어떤 곳에서 어떤 청년, 어떤 연인하고 어떻고……, 아아 여자의 비밀을 누구라 아느냐? 하늘과 땅, 별과 등불, 그것이 허도 그런 것을……, 허도 비밀은 있는 것을……, 아아 허는 처녀가 아니었다. 그러나 지금 시집에서 잘 산다. 그의 비밀을 세상은 모른다. 세상은 속는다. 여자 있는 곳에 반드시 죄는 따른다. 천국 천국하여도 만일 여자가 있으면 반드시 거기도 죄악은 있다. 아아 여자 없는 곳, 그 곳이 천국일 것이다.

그 후 4시 쯤 뒤, 해 저물 때, 실심한 영식의 몸은 인천의 인적 드문 바닷가 모래 위로 털썩 엎드려서 희고 고운 모래 위에 허정숙 석자를 쓰고는 지우고,

지우고는 쓰고 있었다.

그는 아까 인천 정거장 매점에서 봉함 엽서[24] 한 장을 사서, 가장 친한 친우인 임에게 이렇게 써 보냈다.

'임 군! 오랫동안 폐도 많이 끼쳤고, 실례도 많이 하였소이다. 그러나, 나는 지금 인천 해변에서 먼 길을 떠나려 하오. 어디든지 자꾸 가려고, 천국이 보일 때까지, 여자 없는 죄 없는 세상이 보이기까지 자꾸 가려오. 모든 것을 그대로 두고 그냥 떠나가오. 내내 평안히 계시기 바라고 마지막 이 붓을 놓습니다.'

마지막 날 세상을 가려는
최영식(崔英植)

그는 이윽고 벌떡 일어섰다. 바다 저 어귀에 어디로 가는 배인지 돛단배가 표연(飄然)히[25] 떠 있다. 아아 저 배를 타고 먼— 먼— 곳으로 갔으면 끝없이 자꾸

---

24) 封緘葉書: 우편엽서의 하나로 사연을 적은 쪽을 보이지 않게 겹쳐서 접으면 크기가 보통엽서처럼 되며, 편지처럼 봉할 수 있다.
25) '표연하다'의 어근. 바람에 나부끼는 모양이 가볍다. 또는 훌쩍 나타나거나 떠나는 모양이 거침없이 가볍다는 뜻을 가지고 있다.

자꾸 가 보았으면…… 하였다. 그러나, 즉시 아니 아니 아무리 간대도 이 지구에는 여자 없는 나라는 없다. 아아 이 세상에는 죄악 없는 나라는 없다.

그는 부르짖는 소리가 처량하게 흘렀다. 그는 고개를 돌려 시가를 바라보았다. 해가 막 저물어 세상이 조금씩 어두워 간다. 어느 틈에 그의 눈이 젖어 있었다.

해는 아주 저물었다. 그는 한 걸음 한 걸음 바다를 향하고 걷는다. 바위라도 삼킬 듯한 큰 물결이 자꾸 그의 앞으로 밀려온다.

목성(牧星)26)

---

26) 소파 방정환 선생은 필명만 39개였다고 한다. ㅈㅎ생, 목성, 잔물, CWP, 북극성, 몽중인, SS생, 삼산인, 길동무, 운정, 파영… 등이다. 소파 방정환 선생은 왜 이렇게 많은 필명을 사용한 것일까? 첫 번째 이유는 필자가 부족했기 때문이다. 소파 방정환 선생이 활동할 당시 새로운 기획에 맞는 글을 써줄 만한 필자가 많이 않았으므로, 지면을 메우는 것은 결국 소파 선생의 몫이 되었다고 한다. 두 번째 이유도 첫 번째 이유와 연관이 있다. 원고료가 넉넉하지 않다 보니 직접 글을 써야만 했다. 셋째는 신빙성이 낮다고 생각되지만, 소파 스스로를 스타로 만들기 위한 일종의 신비화 전략이었을 것이다. 넷째로는 일제의 검열을 피하기 위한 방편이었을 것이다. 이로 인하여 『소파 방정환 전집』(하얀출판사)과 『아동문학사전』(이재철, 계몽사), 그리고 『소파 방정환 문집』에서는 삼봉 허문일의 작품이 소파의 작품으로 둔갑해 있는 것을 발견할 수 있다.

금시계

바람은 없는데 나뭇잎이 부수수 떨어집니다. 추운 줄도 모르고 해가 저무는 줄도 모르고, 효남(孝男)이는 아까부터 풀밭에 앉은 채로 한숨만 후이후이 쉬고 있습니다.

제 집을 찾아가는지 작은 새 두세 마리가 쨱쨱거리면서 서쪽 하늘로 날아갔습니다. 그것을 넋을 잃은 사람같이 풀없이 쳐다보더니 그의 눈에는 눈물이 고여서 뺨에 흘러내렸습니다.

아아 불쌍한 어린 신세……. 그는 아홉 살 때에 아버지가 돌아가시고 가난한 어머니의 품을 판 돈으로 시골서 보통 학교를 졸업하고, 남의 집 종이 되어 심부름을 하여서 야학(夜學)에라도 다녀보겠다고 서울로 와서 며칠씩 굶어가면서 벌이터를 찾아다니다 간신히 ○문 밖에 있는 이 ××목장에 와서, 낮에는 온종일 소떼를 지켜주며 심부름하고 새벽에는 자전거를 타고 이 동리 저 동리로 돌아다니면서 우유 먹는 집에 우유병을 돌려주고 한 달에 겨우 십삼 원씩 받고 있게 되었습니다.

밤에 야학에 다녀와서 몇 시간 자지도 못하고, 새벽에 일찍 자고 일어나서 무거운 우유 짐을 지고 한 바퀴 돌아와서, 온종일 소떼를 몰고 다니면서 풀을 뜯어 먹이고 저녁때에나 돌아와 야학에를 다녀오느라니, 열다섯 살밖에 안 된 어린 몸이 너무 고달파서, 떨어질 듯이 아픈 어깨를 제 손으로 탁 탁 치게 될 때에는, 남 못 보게 돌아서서 울기도 퍽 많이 하였습니다. 그러나 그러나 구차한 시골집에는 늙어 가시는 어머니께서 남의 집으로 다니며 방아도 찧어 주고 빨래도 하여 주시느라고 고생하시고, 어린 누이동생 효순이가 동리집 바느질을 맡아다가 밤잠을 못자면서 오빠 하나가 공부 잘 하고 돌아오기만 축수하고 있거니 생각하고는, 주먹으로 눈물을 씻고 이를 악물고 뛰어 나가고 뛰어나가고 하였습니다. 그리고 그럴 때마다 시골집 있는 서쪽을 향하여 '오오, 어머니! 효남이는 몸 성히 있습니다. 뼈가 녹더라도 공부는 마치고 가겠습니다' 하고, 혼자서 부르짖었습니다.

그런데 그저께 아침에 누이동생에게서 온 편지……. 그것은 어머님 병환이 나셔서 닷새째가 되도록 못 일어나시고 앓으신다는 말과 편지하면 걱정이 될 터이니, 편지를 하지 말라 하시는 것을 몰래 써 보낸단 말이었습니다. 그 편지를 읽고 효남이의 가슴이 얼마나 얼마나 답답하였겠습니까?

'돈이 없으니, 약 한 첩도 못 쓰시겠구나' 생각하니, 그 오막살이집 속에 누워 앓으시는 어머님과 그 옆에 울고 앉았을 어린 누이의 불쌍한 꼴이 눈에 자꾸 보이는 것 같아서 일이 손에 잡히지 않았습니다.

생각다 못하여 효남이는 그 날 저녁때 목장 주인을 보고 그 사정을 이야기하고,

"쫓아 내려가서 병간호는 못해 드릴망정 죽이라도 끓여 드리고 약이라도 한 첩이라도 사 드리라고, 돈을 내려 보냈으면 좋겠으니 돈 5원만 미리 주십시

오.”

하고, 애걸하였더니,

“이 집에 온 지도 몇 달 안돼서, 돈을 그믐날 전에 미리 찾아다 쓰기 버릇하면 못 쓴다”고 도리어 꾸지람을 하고 돈을 주지 않았습니다. 그날 밤 효남이는 잠도 자지 못하고 울기만 하였습니다. 울다가 울다가 그만 새벽이 되었건만, 먹히지 않아 아침도 못 먹고 그냥 우유 배달을 하고, 그냥 소떼를 몰고 다니다가 저녁때 돌아왔습니다. 와서는 다시 부끄럼을 무릅쓰고, 주인에게 그 전 날 하던 말을 또 하고 애걸하였습니다. 그러나 그날도 주인은 돈을 취해 주지 않았습니다.

그런데 오늘 아침에 누가 집어갔는지 목장 주인의 금시계가 없어져서 온 목장 안이 벌컥 뒤집혔습니다. 목장 안에 있는 사람은 모조리 주인 앞에 불려가서, 몸뒤짐을 받았습니다.

효남이가 이틀 동안 주인에게 돈을 취해 달라 하다가 못 얻어 쓴 사정을 아는 주인의 마누라와 사무원은 효남이를 의심하였습니다. 효남이는 공연히 가슴이 두근두근 하였습니다. 그럴수록 그들은 효남이의 거동이 수상하다고 더욱 더욱 의심하였습니다. 효남이는 마음이 조금 놓였습니다. 그러나 다른 사람에게서도 이내 금시계는 나오지않아, 주인은 다시 효남이를 불러서,

"잘 생각하여서 바로 대답하여라, 경찰처로 끌려가기 전에……."

하고, 눈을 흘겼습니다.

몸을 뒤졌어도 나온 것이 없건마는 이렇게까지 의심을 받으니, 효남이는 무어라고 더 변명할 말이 없었습니다.

'돈 한 가지 없는 탓으로 이렇게 더러운 의심을 받는구나' 하여, 그냥 몸이 떨리고 눈에는 눈물만 고였습니다. 그래서 아무 말도 못 하고 물러나와 버렸습니다.

"죄가 있으니까 말을 못하고 겁이 나니까 울기만 하는구나."

하고, 그들은 저희끼리 쑥덕거렸습니다. 해가 산 너머로 넘어가고 목장에서는 저녁밥 먹으라는 종소리

가 머얼리 들리어 왔습니다.

'모두 모여 앉아서 나를 욕하면서, 밥들을 먹겠지'

일어날 생각도 아니하고 그냥 앉아 있는 효남이의 얼굴에는 눈물만 자꾸 흘러내렸습니다.

애매한 죄명을 뒤집어쓰고 효남이가 풀밭에 나가 울고 있는 동안에, 목장 안에서는 목장 주인이 효남 이와 다른 일꾼들이 자는 빈 방을 넌즈시 들어가서 보퉁이마다 책상 서랍마다 뒤져 보았습니다.

그런데 금시계는 아무 데서도 나오지 않고, 천만 뜻밖에 효남이가 쓰는 책상 서랍 속에서, 주인마누라 의 금반지가 나왔습니다. 잃어버린 줄도 모르고 있던 마누라가 깜짝 놀라 찾아보니까, 정말 자기 경대 서 랍속에 넣어 둔 금반지가 없습니다. 그리고 주인이 효남이 서랍에서 가져온 금반지를 받아보니, 과연 분 명히 자기 것이었습니다.

"어쩌면 그 녀석이 그렇게 흉악할까. 겉으로 보아 얌전하고 공부도 잘하길래 귀엽게 여겼더니, 그래 돈 5원 안 취해 주었다고, 앙심 먹고 모두 훔쳐가지고 도망가려고 그랬구려. 금시계도 그 녀석밖에 가져갈 놈이 어데 있소. 어서 그 녀석을 불러들여요. 금시계 내 놓으라고 두들기게."

해가 아주 지고 가을날이 저물어 쓸쓸스럽게도 어둑어둑하기 시작하였습니다. 날아다니는 새들도 이제는 제 집을 다 찾아 들어가고 없는데, 벌판을 혼자 앉았는 효남이는 목장에서 그 동안 그 소동이 난 줄도 모르고 혼자서 울고만 있었습니다.

'아아, 어머니 병환이 그 동안에도 더해지셨을지도 모르겠는데, 약한 첩살 돈이나마 보내려다 도둑 누명만 쓰고 있는 줄을 모르고 어린 누이가 오죽이나 기다리고 있을까…….'

효남이는 그만 참지 못하고 땅바닥에 엎드려 소리쳐 울었습니다.

목장 편에서 수득(壽得)이가 뛰어나왔습니다. 수득이는 주인 방에 있으면서 잔신부름을 하는 급사였습니다. 오더니 울고 있는 효남이를 흔들어 일으키고,

"이애 효남아! 큰일났다. 지금 네 책상 서랍을 주인이 뒤져 보았단다."

합니다.

"아무리 뒤져도 나올 것이 있어야지."
하니까,

"이애야, 거기서 주인마누라의 금반지가 나왔단다. 그래서 지금 금시계도 네가 꼭 가져갔다고 지금 얼른 불러오라고 그러니 얼른 들어오너라."
하고, 수득이는 저 혼자 뛰어갔습니다.

'아아, 이것이 웬 말인가……. 금시계 까닭에 의심을 받는 것도 분한데, 어찌하여 주인마누라의 금반지가 내 서랍 속에서 나왔단 말인가……. 효남이는 기가 막히어서 머리가 쌩하고 눈이 어두워지는 것 같았습니다.

'인제는 더군다나 변명할 재주가 없구나' 생각하니 누가 날카로운 칼로 가슴을 찌르는 것 같았습니다. 그래도 주인이 부른다니 안 갈 재주가 없겠어서, 일어서려 하니 일어설 기운도 없고 하도 놀라운 일이어서 눈물도 나지 않았습니다.

'아아, 그래도 가서 변명이라도 해 보아야지' 하고 효남이가 기운을 다듬어서 두 손을 풀밭을 짚고 벌떡 일어서려니까, 효남이의 얼굴에서 두세자밖에 안 되는 풀밭에 착착 접은 종이쪽이 떨어져 있는 것이 눈에 띄었습니다.

'이 풀밭에 저것이 무엇일까?'

하고, 집어 펴 보니까, 이게 웬이겠습니까. 금시계 한 개를 전당 잡힌 전당표[27]였습니다.

효남이는 지옥 속에서 신선이나 만난 것처럼 눈이 부시게 반가워서 누가 잡힌 것인가? 그 이름을 보니까. 전수득, 바로 지금 부르러 왔던 그 급사 아이 이름입니다.

'오 옳지, 고놈이 제가 주인 방에 있으니까, 금시계를 훔쳐다가 잡히고 나중에 그 허물을 내게 둘러대노라고 오늘 또 금반지를 집어다가 내 책상에 넣어 논 것이 분명하구나. 그리고 지금 나를 부르러 왔다가 급히 뛰어가느라고 흘리고 갔구나……. 오냐, 이것만 있으면 나는 도둑누명을 벗는다!'

부르짖으면서, 효남이는 그 전당표를 접어서 손아귀 속에 쥐고서, 날아갈 듯 빠르게 뛰어갔습니다.

---

27) 전당포에서 물건을 담보로 돈을 꾸어 주면서 품명, 기한, 빌려준 돈의 액수 따위를 적어 증거 서류로 주는 쪽지.

목장에는 벌써 전기등이 켜졌습니다. 목장 문으로 뛰어가려 할 때에 그때 목장 문간에는 수득이가 그의 어머니하고 무슨 이야기를 하고 있었습니다.

그 어머니는 그리 늙지도 않았는데 고생이 많아 그런지 몹시 마르고 얼굴도 앙상하였습니다.

"이애야, 글쎄 오늘은 일찍 온다더니 벌써 집 임자가 와서 어서 방을 내어 놓으라고 내어 미니 어쩐단 말이냐. 아버지가 저렇게 석 달째 앓으시지 않으면, 이런 꼴이야 당하겠나마는, 당장 병들어 누워 계신 아버지를 한길에다 뉘이니 어찌니. 돈이 오늘은 된다 하더니 아직 못 되었니?"

수득이 어머니의 근심스런 소리가 그 옆을 지나가는 효남이 귀에도 자세히 들리었습니다.

그러나 수득이는 고개를 숙이고 가만히 있더니, 주머니 속에서 무언지 꺼내는 모양이었습니다.

효남이는 주인의 방으로 들어갔습니다. 주인은 골이 나서 성난 사자 같이 눈을 흘기고 앉았고 다른 일꾼들까지 우루루 모여 와서 효남이가 들어오는 것을 보고 입을 비쭉거립니다.

"요 녀석아 금반지는, 어느 틈에 집어다 두었어! 그래도 금시계를 모른다고 뻗델 테냐? 아무리 도적 눔의 씨알머리기로."

아귀같은 소리 지르는 주인마누라의 소리에 효남이의 온몸에서 피가 벌컥 끓어 올랐습니다.

'아니요, 왜 자세히 알지도 못하고 그런 욕을 하오' 하는 소리가 목까지 저절로 끓어올라 오곤 전당표 든 주먹이 불끈 저절로 튀어 나가려하였습니다.

그러나, 그때 생각되는 것은 지금 문밖에서 수득이 어머니가 걱정하는 소리였습니다.

'그렇다! 병든 아버지와 어머니가 방을 쫓겨나서 한데서 떨게 되었다. 그런데 내가 지금 이것을 내어 놓으면, 수득이가 쫓겨난다. 그가 쫓겨나면, 그의 병 든 부모도 굶게 된다. 오냐! 아무 말을 말자. 수득이 집 형편은 나보다 더 급하다. 나보다도 더 불쌍하다.'

효남이는 입술을 꼭 깨물었습니다. 그리고 손에 쥔 것을 바지 주머니에 넣어버렸습니다.

"죽을 죄로 잘못하였습니다."

그가 고개를 푹 숙이고 이 말을 할 때에 굵다란 눈물방울이 헤어진 헝겊 신발 앞에 뚝!뚝! 떨어졌습니다.

가을 햇볕이 쓸쓸히 비치는 벌판과 목장의 아침……. 남들은 부지런히 오늘 일을 시작하는데, 다만 혼자서 목장을 쫓겨나는 가엾은 효남이는 걸음보다도 눈물이 앞섰습니다. 아무 까닭없이 나아가도 쫓겨 가는 사람은 슬프거든, 억울한 도둑 누명을 쓰고 쫓겨난 몸이라 더욱 슬펐습니다.

생각하면 자기가 지은 죄가 아니요, 같이 있는 급사 아이가 집이 구차하여서 주인의 금시계와 주인마누라 금반지를 훔쳐내고 그 허물을 나에게 씌우려 한 짓이요. 그 애가 훔쳐다가 전당 잡힌 그 표까지 내 손에 들어와 있으니, 그것을 내보이면 나의 변명은 되지마는 병든 아버지와 근심 많은 어머니를 모시고, 수득이 집안 식구가 한길 거리로 쫓겨나게 될 생각을 하고, 그냥 꿀꺽 참고 있었던 까닭으로 도적 누명을 쓰고 쫓겨나게 되었으니 수중에 돈 한 푼 없고 세상이 넓다한들 갈 곳이 어드메겠습니까.

시골집에서는 병들어 누우셔서 신음하시는 어머님을 모시고, 어린동생이 약 한 첩은 고사하고 죽 한 그릇도 끓여드리지 못하고 울고 있을 터인데, 이 못생긴 오라비는 있던 곳조차 쫓겨났으니, 시골 갈 노비도 없고 그냥 있자니 있을 곳조차 없고……. 아아, 어찌하면 좋을까 싶어서 걸음은 아니 걸리고 눈물만 비 오듯 자꾸 흘렸습니다.

정말 죄를 지은 수득이 역시, 구차하기 때문에 제가 나쁜 짓을 하고, 효남이를 쫓겨 가게 하는구나 하고, 속으로 뉘우쳐서 뒤에 서서 자꾸 울었습니다.

물 위에 뜬 잎새 같으면 물 흐르는 대로 따라가기나 하지만, 이 넓은 세상에 아는 집이라고는 목장밖에 없는 효남이 어린 몸이 목장을 나섰으니, 단 한 걸음인들 어느 곳 향할 곳이 있겠습니까, 앞길이 아득하여 망싯망싯 하면서 그래도 쫓겨난 목장 문에는 수득이가 울고 있는지라, 그것을 보고 효남이는 마음이 갑자기 더 슬퍼져서, 그만 눈물이 비 오듯 하였습니다. 수득이는 참다못하여 그냥 와락 쫓아와서 효남이의 봇짐 든 손을 잡았습니다.

"효남아! 이제는 어디로 갈 테냐?"

"글쎄다. 어디로 가야 할는지 모르겠다. 아무 데라도 가야지 어떡하니……."

두 소년의 눈에서 모두 눈물이 흘렀습니다.

"나는 네가 아무 죄도 없는 줄 알고 있다. 그런데……. 내가……."

수득이는 눈물도 안 씻고 사실 이야기를 해 버리려고, 시초를 꺼내었습니다. 그러니까 효남이는 황급히 수득이의 말을 막았습니다.

"아니다, 아니다, 나는 아무래도 갈 사람이니까 아무 말도 하지 말아라. 그냥 헤어지자. 아무 말 말고 그냥 헤어지는 것이 편하다."

수득이는 점점 더 눈물을 흘리면서

"아니다. 그런 게 아니라 내가……."

하고, 다시 말을 잇는 것을, 효남이는 또 그 말을 막았습니다.

"아니다. 말을 하면 안 된다. 아무래도 나는 이곳을 떠나야 할 사람을……. 네가 그런 말을 하면 내 마음이 편하지 못하지 않느냐……. 너는 너의 아버지를 앓고 계시지 않으냐. 네가 벌이를 하지 못하면 당장

큰일 나지 않느냐. 내가 가야 한다. 내가 가고 네가 있어야 한다. 우리들도 가난하지 않을 날이 있겠지. 가난한 탓밖에 무슨 탓이 있겠니……."

효남이의 말끝은 울음이 섞이어서 떨렸습니다. 수득이는 그만 효남이의 가슴에 얼굴을 파묻고 소리쳐 울었습니다. 아아! 가엾은 어린이들의 울음! 나뭇잎도 슬퍼서 우는지 한 이파리! 두 이파리! 훌쩍이면서 땅위에 굴러 답니다.

아침도 굶고 점심도 굶었건마는, 효남이는 배고픈 것보다도 갈 곳이 없는 것이 걱정이어서, 온종일 해가 지도록 궁리 궁리를 하여도 별 꾀가 없는 효남이는 저녁까지 굶고, 그대로 해가 지기를 기다려서 날마다 다니던 야학교엘 갔습니다.

차마 부끄러워서 교실에는 못 들어가고 사무실로 몰래 들어가듯 기운 없이 들어가니까 선생님이,

"너 왜 얼굴이 그 지경이냐, 어데를 앓았니? 보통이는 그게 무슨 보통이고……."
하시는 말씀에 깜짝 놀랐습니다. 단 사흘 동안 남이 놀래게까지 얼굴이 못 되었나 보다 싶어서 눈에 눈물

이 핑 고였습니다. 그래 얼른 고래를 숙이고,

"시골로 가야겠어요."

하였습니다.

"시골은 왜?"

하고, 묻는 소리에 무슨 대답을 해야 하겠습니까. 효남이 입에서는 아무 말도 안나오고 굵다란 눈물만 뚝!뚝! 떨어졌습니다. 선생님은 눈치를 채인 듯 가만히 계시다가 한참 만에,

"노비는 준비하였니?"

"없어요."

'없어요' 소리를 할 때 가슴이 부르르 떨렸습니다.

"노비가 없으면 어떻게 하니? 칠백 리나 된다면서."

"걸어서라도 가야겠어요."

그만 눈물이 소낙비 오듯 쏟아지기 시작하여서 효남이는 그냥 돌아서 쑥 나와 버렸습니다. 그랬더니 선생님도 좇아 나오셨습니다.

여러분, 기뻐해 주십시오. 효남이는 가엾은 우리 효남이는 미칠 듯이 가보고 싶어하던 시골집으로 병든

어머니와 나이 어린 누이동생이 울면서 기다리고 있는 시골집으로 급행열차를 타고 가게 되었습니다. 울면서 나오는 것을 보고, 뒤쫓아 나오신 선생님의 주선으로 기차삯을 얻어 가지고 우리 효남이는 지금 급행열차를 타고 시골집으로 닫고 있는 것입니다.

아아, 이 급행차가 닿을 때까지, 효남이가 자기 집에 갈 때까지 어머님의 병환이 더치지 않고 더하지 않고 계시도록 다 같이 빌어 드립시다.

자기의 죄를 대신 뒤집어쓰고 쫓겨나간 효남이와 울면서 작별을 하고 수득이는 그 날 저녁밥도 먹지 않고 밤이 새도록 울기만 하였습니다. '한 걸음도 발을 내어 디딜 곳이 없는 효남이가 지금쯤은 뉘 집 처마 밑에서 떨고 섰지 않을까 생각하면…….' 할수록 뼈가 아프고 가슴을 바늘로 찌르는 것 같았습니다. '아니다. 내가 그 애에게 말을 못 하였으면 주인에게라도 말을 해야 한다. 내가 쫓겨나더라도 그 애의 도적 누명을 벗겨 주어야 한다.

그 애는 나를 위하여 대신 쫓겨나기까지 하는데……. 아아! 내가 이렇게 잠자코 있단 말이냐…….' 새벽녘에 이르러 이렇게 결심한 수득이는 아침때가 되기를 기다렸습니다.

그러나, 내가 여기서 쫓겨나가면 당장 오늘 저녁에 아버지께 약 한첩 무엇으로 사다 드릴까……. 수득이는 가슴이 메어지는 것 같았습니다. 아아, 구차한 죄, 가난한 죄……. 그는 부르르 떨면서 엎더져 울었습니다.

아침때가 되었습니다. 수득이가 울면서 자상하게 자백하는 소리를 듣고 목장 주인 내외는 깜짝 놀랐습니다. 불쌍한 동무를 위하여 남의 죄를 뒤집어 쓰고, 잠자코 밀려나간 아이! 세상에 다시없는 착한 아이를 때리고 욕하고 하여 쫓아 보낸 자기들의 잘못을 뉘우칠 때, 어떻게 하면, 그 착한 아이를 다시 찾아 들여서 잘못한 일을 사과할까 하는 마음이 불같이 일어났습니다.

그래서 주인은 그 날 저녁때가 되기를 기다려서, 효남이가 다니던 야학교를 찾아가서, 효남이의 선생님의 찾아보고, 그 동안의 자세한 이야기를 모두 하고, 어떻게 그 애의 집을 찾아갈 수 있느냐고, 주소를 가르쳐 달라고 애걸하였습니다.

목장 주인의 이야기를 듣고, 선생을 일변으로 놀라면서, 일변으로 더 할 수 없이 기뻤습니다. 그렇듯이 남의 죄에 쫓겨나왔으면서 자기에게도 일체 그런 말을 하지 아니하고 그냥,

"어머님 병환이 위중하시다니까 내려가야겠어요!"

하고, 울기만 하던 효남이의 심정을 더할 수 없이 거룩하고 착하여서, 선생님은 한없이 기뻤습니다.

곧, 온 학생을 한방에 모아 놓고, 그 선생님은,

"여러분! 우리는 학교의 학생중에, 이렇게 말할 수 없이 기특한 학생이 있는 것을 발견하였습니다. 그것은 다른 사람이 아니라, 어제 저녁에 어머니 병환 때문에 시골로 내려가 김효남 군입니다. 그 애……."

하고, 효남이의 그 불쌍한 사정과 어머님 병환 소식을 듣고, 돈 5원만 달라고 하더란 말과, 남의 도적 누명을 쓰고도 그 애가 불쌍하여서 그냥 잠자코 쫓겨난 이야기를 한숨에 내리하였습니다.

선생님의 그 이야기는 거기 있는 200여 명 학생을

모두 감동하게 하였습니다. 선생님이 말을 마치고 다시 사무실로 가서 목장 주인과 이야기 하시는 동안에, 학생들은 헤어지지 않고, 그 중의 한 학생이 나서서

"효남이는 불쌍한 동무를 위하여, 자기가 대신 쫓겨났습니다. 빈손으로 앓는 어머님께로 갔습니다. 우리는 동무를 위하여 단 1전씩이라도 모아서 보냅시다."

하였습니다.

"옳소, 옳소"

하고, 기쁜 소리가 여기서도 일어나면서, 저마다 주머니에 있는 돈을 내었습니다. 5전 내는 사람, 10전 내는 사람, 11전 내는 사람 모두 합하여 12원 76전이었습니다. 종이에 싸고 그 위에, '어머니 약값에 쓰십시오'라고 써서 사무실로 가서 선생님께 드리니까, 선생님은 그것을 목장 주인에게 전하면서,

"당신이 시골 효남이 집에 가신다니까, 가시는 길에 이것도 전해 주십시오"

하였습니다.

목장 주인은 더욱 감동하여

"네, 네, 가지고 가고 말고요. 가서 전해 드리고 효남이 어머니 병환이 위중하시면 제가 모시고 서울로 와서 병원에 입원하시게 해드리겠습니다. 그리고 효남이와 그 누이동생은 다 학교에 다니도록 해주려 합니다. 저는 아들도 딸도 없으니까요."

하고 일어났습니다.

목장 주인은 그 날 낮차로 효남이 시골로 찾아갔습니다. 닷새 후에 효남이 집 식구를 데리고 올라와서 효남이의 어머니는 병원에 효남이와 효순이는 각각 학교에 입학시켰습니다. 그리고 효남이의 소원으로 수득이도 쫓겨나지 않고 전처럼 잘 다니고 있었습니다.

▶▶▶몽견초, 『어린이』7권 1~2호, 1929년 1~2월호

만년 셔츠

1

박물 시간이었다.

"이 없는 동물이 무엇인지 아는가?"

선생님이 두 번씩 연거푸 물어도 손 드는 학생이 없더니, 별안간 '옛' 소리를 지르면서, 기운 좋게 손을 든 사람이 있었다.

"음, 창남인가. 어디 말해 보아."

"이 없는 동물은 늙은 영감입니다!"

"예에끼!"

하고, 선생은 소리를 질렀다. 온 방안 학생이 깔깔거리고 웃어도, 창남이는 태평으로 자리에 앉았다.

수신(도덕) 시간이었다.

"성냥 한 개비의 불을 잘못하여, 한 동네 삼십여 집에 불에 타 버렸으니, 성냥 단 한 개비라도 무섭게 알고 주의해야 하느니라."

하고 열심히 설명해 준 선생님이 채 교실 문 밖도 나가기 전에,

"한 방울씩 떨어진 빗물이 모이고 모여, 큰 홍수가 나는 것이니, 누구든지 콧물 한 방울이라도 무섭게 알고 주의해 흘려야 하느니라."

하고, 크게 소리친 학생이 있었다. 선생님은 그것을 듣고 터져 나오는 웃음을 억지로 참고 돌아서서,

"그게 누구야? 아마, 창남이가 또 그랬지?"

하고 억지로 눈을 크게 떴다. 모든 학생들은 킬킬거리고 웃다가 조용해졌다.

"예, 선생님이 안 계신 줄 알고 제가 그랬습니다. 이 다음엔 안 그러지요."

하고, 병정같이 벌떡 일어서서 말한 것은 창남이었다. 억지로 골 낸 얼굴을 지은 선생님은 기어이 다시 웃고 말았다. 아무 말없이 빙그레 웃고는 그냥 나가

버렸다.

"아 하하하하……."

학생들은 일시에 손뼉을 치면서 웃어댔다.

××고등 보통 학교 일 년급을 반 창남이는 반 중에 제일 인기 좋은 쾌활한 소년이었다.

이름이 창남이요, 성이 한 가이므로, 안창남(安昌南; 비행사) 씨와 같다고 학생들은 모두 그를, 보고 비행가 비행가 하고 부르는데, 사실은 그는 비행가같이 시원스럽고 유쾌한 성질을 가진 소년이었다.

모자가 다 해졌어도, 새 것을 사 쓰지 않고, 양복바지가 해져서 궁둥이에 조각 조각을 붙이고 다니는 것을 보면 집안이 구차한 것도 같지만, 그렇다고 단 한 번이라도 근심하는 빛이 있거나, 남의 것을 부러워하는 눈치도 없었다.

남이 걱정이 있어 얼굴을 찡그릴 때에는, 우스운 말을 잘 지어 내고, 동무들이 곤란한 일이 있을 때에는 좋은 의견도 잘 꺼내 놓으므로, 비행가의 이름이 더욱 높아졌다.

연설을 잘 하고, 토론을 잘 하므로 갑 조하고 내기

를 할 때에는 언제든지 창남이 혼자 나가 이기는 셈
이었다.

그러나, 그의 집이 정말 가난한지 넉넉한지 아무도
아는 사람이 없었고, 가끔 그의 뒤를 쫓아가 보려고
도 했으나 모두 중간에서 실패를 하고 말았다. 왜 그
런고 하면, 그는 날마다 이십 리 밖에서 학교를 다니
는 까닭이었다.

그는 가끔 가끔 우스운 말을 하여도 자기 집안 일이
나 자기 신상에 관한 이야기는 말하는 법이 없었다.
그런 것을 보면 입이 무거운 편이었다.

그는 입과 같이 궁둥이가 무거워서, 운동틀(철봉)
에서는 잘 넘어가지 못하여, 늘 체조 선생님께 흉을
잡혔다. 하학한 후 학생들이 다 돌아간 다음에도 혼
자 남아 있어서 운동틀에 매달려 땀을 흘리면서 혼자
연습을 하고 있는 것을 동무들은 가끔 보았다.

"이애, 비행가가 하학 후에 혼자 남아서 철봉 연습
을 하고 있더라."

"땀을 뻘뻘 흘리면서 혼자 애를 쓰더라."

"그래, 이제는 좀 넘어가데?"

"웬걸, 한 이백 번이나 넘도록 연습하면서, 그래도 못 넘어가더라."

"그래, 맨 나중에는 자기가 자기 손으로 그 누덕누덕 기운 구둥이를 때리면서 '궁둥이가 무거워, 궁둥이가 무거워.' 하면서 가더라!"

"제가 제 궁둥이를 때려?"

"그러게 괴물이지……."

"아 하하하하하……."

모두 웃었다. 어느 모로든지 창남이는 반 중의 이야깃거리가 되는 것이었다.

2

겨울도 겨울 몹시도 추운 날이었다. 호호 부는 이른 아침에 상학 종은 치고, 공부는 시작되었는데, 한 번도 결석한 일이 없는 창남이가 이 날은 오지 않았다.

"호웰세, 호외야! 비행가가 결석을 하다니!"

"어제 저녁 그 무서운 바람에 어디로 날아간 게지!"

"아마, 병이 났다 보다. 감기가 든 게지."

"이놈아, 능청스럽게 아는 체 마라."

일 학년 을 조는 창남이 소문으로 수군수군 야단이었다.

첫째 시간이 반이나 넘어갔을 때, 교실 문이 덜컥 열리면서, 창남이가 얼굴이 새빨개 가지고 들어섰다.

학생과 선생은 반가워하면서 웃었다. 그리고, 그들은 창남이가 신고 섰는 구두를 보고, 더욱 크게 웃었다. 그의 오른편 구두는 헝겊으로 싸매고 또 새끼로 감아 매고 또 그 위에 손수건으로 싸매고 하여, 통통하기 짝이 없다.

"한창남, 오늘은 웬일로 늦었느냐?"

"예."

하고, 창남이는 그 괴상한 통통한 구두를 신고 있는 발을 번쩍 들고,

"오다가 길에서 구두가 다 떨어져서, 너털거리기에 새끼를 얻어서 고쳐 신었더니 또 너털거리고 해서, 여섯 번이나 제 손으로 고쳐 신고 오느라고 늦었습니다."

그리고도 창남이는 태평이었다. 그 시간이 끝나고 쉬는 동안에, 창남이는 그 구두를 벗어 들고, 다 해져서 너털거리는 구두 주둥이를 손수건과 대님 짝으로 얌전스럽게 싸매어 신었다. 그러고도 태평이었다.

따뜻해도 귀찮은 체조 시간이 이처럼 살이 터지도록 추운 날이었다.

"어떻게 이 추운 날 체조를 한담."

"또 그 무섭고 딱딱한 선생님이 웃통을 벗으라고 하겠지……. 아이구, 아찔이야."

하고, 싫어들 하는 체조 시간이 되었다. 원래 군인으로 다니던 성질이라, 뚝뚝하고 용서성 없는 체조 선생이 호령을 하다가, 그 괴상스런 창남이 구두를 보았다.

"한창남! 그 구두를 신고도 활동할 수 있나? 뻔뻔스럽게……."

"예, 얼마든지 할 수 있습니다. 이것 보십시오."

하고, 창남이는 시키지도 않은 뜀도 뛰어 보이고, 달음박질도 하여 보이고, 답보(제자리걸음)도 부지런히 해 보였다. 체조 선생님도 어이없다는 듯이,

"음! 상당히 치료해 신었군!"

하고 말았다. 그리고, 다시 호령을 계속하였다.

"전열만 삼 보(세걸음) 앞으로—웃!"

"전 후열 모두 웃옷 벗어!"

3

죽기보다 싫어도 체조 선생님의 명령이라, 온반 학생이 일제히 검은 양복 저고리를 벗어, 셔츠만 입은 채로 섰고, 선생님까지 벗었는데, 다만 한 사람 창남이만 벗지를 않고 그대로 있었다.

"한창남! 왜 웃옷을 안 벗나?"

창남이의 얼굴은 푹 숙이면서 빨개졌다. 그가 이러기는 처음이었다. 한참동안 멈칫멈칫하다가 고개를 들고,

"선생님, 만년 셔츠도 좋습니까?"

"무엇? 만년 셔츠? 만년 셔츠란 무어야?"

"매, 매, 맨몸 말씀입니다."

성난 체조 선생님은 당장에 후려갈길 듯이 그의 앞으로 뚜벅뚜벅 걸어가면서,

"벗어랏!"

호령하였다. 창남이는 양복 저고리를 벗었다. 그는 셔츠도 적삼도 안 입은 벌거숭이 맨몸이었다. 선생은 깜짝 놀라고 아이들은 깔깔 웃었다.

"한창남! 왜 셔츠를 안 입었니?"

"없어서 못 입었습니다."

그때, 선생님의 무섭던 눈에 눈물이 돌았다. 그리고, 학생들의 웃음도 갑자기 없어졌다. 가난! 고생! 아아 창남이 집은 그렇게 몹시 구차하였던가……, 모두 생각하였다.

"창남아! 정말 셔츠가 없니?"

눈물을 씻고 다정히 묻는 소리에,

"오늘하고 내일만 없습니다. 모레는 인천서 형님이 올라와서 사 줍니다."

체조 선생님은 다시 물러서서 큰 소리로,

"한창남은 오늘은 웃옷을 입고 해도 용서한다. 그리고 학생 제군에게 특별히 할 말이 있으니, 제군은

다 한창남 군 같이 용감한 사람이 되란 말이다. 누구 든지 셔츠가 없으면 추운 것을 둘째요, 첫째 부끄러 워서 결석이 되더라도 학교에 오지 못할 것이다. 그 런데, 오늘 같이 제일 추운 날 한창 남 군은 셔츠 없이 맨몸, 으으응, 즉 그 만년 셔츠로 학교에 왔단 말이다. 여기 섰는 제군 중에는 셔츠를 둘씩 포개 입은 사람 도 있을 것이요, 재킷에다 외투까지 입고 온 사람이 있지 않은가……. 물론, 맨몸으로 나오는 것이 예의 는 아니야, 그러나 그 용기와 의기가 좋단 말이다. 한창남 군의 의기는 일등이다. 제군도 다 그의 의기 를 배우란 말야."

만년 셔츠! 비행가란 말도 없어지고, 그 날부터 만 년 셔츠란 말이 온 학교 안에 퍼져서, 만년 셔츠라고 만 부르게 되었다.

4

그 다음날, 만년 셔츠 창남이는 늦게 오지 않았건마

는, 그가 교문 근처까지 오기가 무섭게, 온 학교 학생이 허리가 부러지도록 웃기 시작하였다.

창남이가 오늘은 양복 웃저고리에, 바지는 어쨌는지 얄따랗고 해어져 뚫어진 조선 겹바지를 입고, 버선도 안 신고 맨발에 짚신을 끌고 뚜벅뚜벅 걸어 온 까닭이었다. 맨가슴에, 양복 저고리, 위는 양복 저고리 아래는 조선 바지, 그나마 다 떨어진 겹바지, 맨발에 짚신, 그 꼴을 하고, 이십 리 길이나 걸어왔으니, 한길에서는 오죽 웃었으랴······.

그러나, 당자는 태평이었다.

"고아원 학생 같으이! 고아원야."

"밥 얻어 먹으러 다니는 아이 같구나."

하고들 떠드는 학생들 틈을 헤치고 체조 선생님이, 무슨 일인가 하고 들여다보니까 창남이가 그 꼴이라 너무 놀라서,

"너는 양복 바지를 어쨌니?"

"없어서 못 입고 왔습니다."

"어째 그리 없어지느냐? 날마다 한 가지씩 없어진단 말이냐?"

"예에, 그렇게 한 가지씩 두 가지씩 없어집니다."

"어째서?"

"예."

하고, 침을 삼키고 나서,

"그저께 저녁에 바람이 몹시 불던 날 저희 동리에 큰 불이 나서, 저의 집도 반이나 넘어 탔어요. 그래서 모두 없어졌습니다."

듣기에 하도 딱해서 모두 혀 끝을 찼다.

"그렇지만 양복, 바지는 어저께도 입고 오지 않았니? 불을 그저께 나고……."

"저의 집은 반만이라도 타서, 세간을 건졌지만, 이웃집이 십여 채나 다 타버려서 동네가 야단들이어요. 저는 어머니하고 단 두 식구만 있는데, 반 만이라도 남았으니까, 먹고 잘 것은 넉넉해요. 그런데, 동네 사람들이 먹지도 못하고, 자지도 못 하게 되어서 야단들이어요. 그래, 저의 어머니께서는 우리는 먹고 잘 수 있으니까. 두 식구가 당장에 입고 있는 옷 한 벌씩만 남기고는 모두 길거리에 떨고 있는 동네 사람들에게 나눠 주라고 하셨으므로 어머니 옷, 제 옷을 모두 동네 어른들께 드렸답니다. 그리고, 양복 바지는 제가 입고 주지 않고 있었는데 저의 집 옆에서 술장사 하던 영감님이 병든 노인이신데, 하도 추워하니까, 보기에 딱해서, 어제 저녁에 마저 주고, 저는 가을에 입던 해진 겹바지를 꺼내 입었습니다."

모든 학생들은 죽은 듯이 고요하고, 고개들이 말없이 수그러졌다. 선생님도 고개를 숙였다.

"그래, 너는 네가 입은 셔츠까지도 양말까지도 주었단 말이냐?"

"아니오, 양말과 셔츠만은 한 벌씩 남겼었는데, 저의 어머니가 입었던 옷은 모두 남에게 주어 놓고, 추워서 벌벌 떠시므로, 제가 '어머니, 제 셔츠라도 입으실까요.' 하니까, '네 셔츠도 모두 남 주었는데, 웬 것이 두 벌씩 남았겠니!' 하시므로, 저는 제가 입고 있던 것 한 벌뿐이면서도, '예, 두 벌 남았으니, 하나는 어머니 입으시지요.' 하고, 입고 있던 것을 어저께 아침에 벗어 드렸습니다. 그러니까 '네가 먼 길에 학교 가기 추울 텐데, 둘을 포개 입을 것을 그랬구나.' 하시면서, 받아 입으셨어요. 그리고, 하도 발이 시려

하시면서, '이애야 창남아, 양말도 두 켤레가 있느냐?' 하시기에, 신고 있는 것 한 켤레 것만은, '예, 두 켤레입니다. 하나는 어머니 신으시지요.' 하고, 거짓말을 하고, 신었던 것을 어저께 벗어 드렸습니다. 저는 그렇게 어머니께 거짓말을 하였습니다. 나쁜 일인 줄 알면서도 거짓말을 하였습니다. 오늘도 아침에 나올 때에, '이 애야, 오늘같이 추운 날 셔츠를 하나만 입어서 춥겠구나. 버선을 신고 가거라.' 하시기에 맨몸 맨발이면서도, '예, 셔츠도 잘 입고 버선도 잘 신었으니까, 춥지는 않습니다.' 하고 속이고 나왔어요. 저는 거짓말쟁이가 됐습니다."

하고, 창남이는 고개를 숙였다.

"그러나, 네가 거짓말을 하더라도 어머니께서 너의 벌거벗은 가슴과 버선 없이 맨발로 짚신을 신은 것을 보시고 아실 것이 아니냐?"

"아아, 선생님……."

하는 창남이의 소리는 우는 소리같이 떨렸다. 그리고, 그의 수그린 얼굴에서 눈물 방울이 뚝뚝 그의 짚신 코에 떨어졌다.

"저의 어머니는 제가 여덟 살 되던 해에 눈이 멀으셔서 보지를 못하고 사신답니다."

체조 선생의 얼굴에도 굵다란 눈물이 흘렀다. 와글와글 하던 그 많은 학생들도 자는 것같이 조용하고, 훌쩍훌쩍 거리면서, 우는 소리만 여기저기서 조용히 들렸다.

▶▶▶『어린이』1927년 3월

절영도28) 섬 너머

가을! 나뭇잎 떨어지는 가을……. 공연히 마음이 쓸쓸해지는 가을날 저녁 때……, 상천이는 울고 싶은 가슴을 억지로 참으면서 오늘도 언덕 위 풀밭에 앉아서 쓸쓸히 바다만 보고 있습니다.

부산 바다 물 건너 저물어가는 절영도 섬에는 저녁밥 짓는 연기가 보랏빛으로 피어오르고 배도 없는 바다에는 햇빛만 붉게 비치는데 하얀 물새들이 청승스럽게 날개를 저으면서 날아다니고 있습니다.

한 마리, 두 마리, 세 마리, 네 마리……. 아아 저

---

28) 島. 절영도(絶影島)는 부산광역시 영도에 있다. 영도다리가 놓이기 이전에는 목장으로 이용되는 절영의 섬으로 알려졌다. 높고 높은 금정산 줄기가 바다로 차단된 이곳에 이르러 끊긴데서 절영도라 하였다.

새들은 그래도 형이며 아우가 갖추어 있는가보다……,
생각을 할 때 어린 상천이는 가슴이 터질 것 같은
슬픈 생각이 더하였습니다.

상천이는 아버지 어머니 얼굴도 모르고 자랐습니다. 몇 살 때에 어머니 아버지가 돌아가셨는지 그것도 알지 못하고 어리고 외로운 몸이 오직 단 한 사람 뿐인 언니하고 단 둘이 외삼촌 댁에 붙어 있으면서 쓸쓸스럽게 자란 몸이었습니다.

상천이가 어머니 아버지의 생각이 나기 시작하기는 일곱 살 되던 해 가을부터였습니다. 그 때에 언니는 열두 살이었는데 언니는 아버지 어머니의 얼굴을 알기나 하는지……. 상천이는 얼굴을 몰라서 생각이나 해 보려도 머리에 잘 나타나지 않았습니다. 그것이 더욱 서러워서 밥마다 아침마다 남모르게 눈물을 지었습니다.

외삼촌 댁에는 상천이와 나이가 어상반한 외삼촌의 아들과 딸이 있어서 늘 상천이를 업신여기고 심부름만 시키곤 하였습니다. 일곱 살이 되기까지는 철 모르는 마음에 맞붙어 싸우기도 하였지만 그 후부터는 아무 일을 시켜도 잠자코 하였고 아무 욕을 하여도 혼자 돌아서서 울기만 할 뿐이었습니다.

그러나 그럴 때마다 어머니 아버지 없는 설움이 어린 뼈에 사무쳤습니다.

그럴 때마다 어린 상천이는 언니의 손목에 매어달려서 어떻게 어떻게 슬프게 울었는지 모릅니다.

"상천아, 울지 마라. 아주머니에게 들키면 또 야단맞는다……. 우리가 복이 없어서 그런데 어떻게 하니. 이 다음에 어머니 산소에 가거든 거기서나 실컷 울자……."

언니의 말 소리도 울음에 떨리면서 상천이의 숙인 머리 위에 언니의 눈물이 방울방울 떨어졌습니다.

불도 켜지 아니한 어두운 방에서 어린 형제가 애처롭게 울면서 사는 생활도 한 해 두 해 쓸쓸히 지나갔습니다.

상천이가 열한 살 되는 해 이른 봄에 불행히 외삼촌이 병환으로 돌아가신 후로는 그 집의 살림이 곤란하여졌고 상천이의 형제를 불쌍하게 여겨 줄 사람도 없어졌습니다.

살림이 어려워져서 너의 형제를 전처럼 먹이고 입혀 줄 수 없으니 아무 데로라도 먹을 곳을 찾아가거라고 성화같이 박대하는 아주머니 말씀에 어린 두 형제는 또 얼마나 가슴을 태우며 울었겠습니까.

세상은 넓다 하지만 가는 곳마다 청산은 있다 하지만 의지가지없는 외로운 몸이 외가에서 쫓겨나면 단 한 걸음을 내어디딜 곳이 어디 있겠습니까. 견디다 견디다 못하여 그 봄에 언니는 상천이를 남겨 놓고 열여섯 살의 어린 몸으로 배를 타고 일본으로 건너가서 아무런 고생이라도 하여 돈을 벌어 보낼 터이니 상천이 하나만 길러 달라고 애걸애걸하며 맡겨 놓고 외로운 먼 길을 떠나갔습니다.

절영도 저 너머 바다를 건너가는 몸이 이불 하나 옷 하나 가진 것이 없이 맨주먹 맨몸으로 부두에서 배를 탈 때 아! 춥고 외롭고 슬퍼서 그는 소리쳐 울고 싶었습니다.

그러나 그러나 그것보다도 어머니 아버지의 얼굴도 모르고 형 하나만 부모 같이 믿고 있던 어린 상천이를 반가워하지 않는 외갓집에 외롭게 남겨 두고 가는 생각을 할 때 그는 눈이 캄캄하였습니다.

'언니— 나는……'

하면서 무슨 말인지 하려다 못하고 매달려 우는 상천의 손목을 잡을 때 언니의 몸은 소름이 쪽 끼치고 추위에 떨렸습니다.

'오오, 죽거나 살거나 같이 가자!'

몇 번이나 이렇게 부르짖고 싶었으나 그것도 안 될 일이고……. 그는 이를 악물고 흑흑 느껴 울었습니다.

'부우—' 하고 기적 소리가 처량스럽게 들리더니 배는 차츰 차츰 부산 항구, 조선 땅을 떠나기 시작하였습니다.

'언니— 언니.'

외롭게 외롭게 혼자 떨어지는 상천이가 마지막으로 우는 소리로 부르면서 쫓아올 것처럼 날뛰는 것을 보고 언니는 그만 뱃머리에 퍼덕 쓰러져 엉엉 울었습니다.

애꿎은 울음을 싣고 커다란 기선은 검은 연기만 남겨 놓고 절영도 섬을 휘돌아 일본으로 달아났습니다.

그 후 혼자 남아서 상천이가 어떻게 미움을 받으면

서 구박 받는 살림을 하고 있는지 그것도 너무도 슬픈 일이어서 말씀도 못하겠습니다.

그러나 큰일 난 일이 있었습니다. 일본으로 건너간 언니는 동경에 가서 자전거 만드는 회사에 가서 심부름을 하고 있다고 한 달에 편지 한 장과 돈 5원씩을 꼭꼭 붙여 보내더니 웬일인지 그 해 가을부터 편지가 뚝 그친 후로 한 달 두 달 아무 소식이 없어져 버렸습니다. 지진이 나서 사람이 많이 죽었으니까 아마 상천이 언니도 필경 죽은 것이라고 동네 어른들이 하는 소리를 듣고 상천이는 미칠 듯이 울면서 날뛰었으나 아무리 알아보아도 아는 수가 없이 그냥그냥 소식이 없어지고 말았습니다. 편지마다 편지마다 상천이 생각을 하고 운다 하던 언니가 살아 있고는 편지를 아니할 리가 없는데 싶어서 어린 상천이는 그 때부터 넋을 잃고 밥도 잘 안 먹고 미친 사람같이 눈물만 흘리면서 바닷가에 나가서는 언니가 떠나가던 절영도 저 너머를 우두커니 바라보고만 있었습니다.

혹시나 혹시나 꿈결같이 언니가 배를 타고 절영도 저편으로 돌아오지나 않는가 하고…….

그러나 슬픈 일로는 몇 달이 지나도 아무 소식이 없었습니다. 밤이면 외로운 자리에 혼자 누워서 울기만 하다가 날이 밝으면 바닷가에 나와서 절영도 너머를 바라보기만 하는 생활이 한 달 또 두 달 겨울이 지나가고 봄철이 되도록……, 그 봄이 지나가고 또 가을이 오도록 금년까지 벌써 삼 년째 가을이 또 왔건마는 언니의 소식은 도무지 없었습니다.

오늘도 가을날이 저물기 시작하였건마는 언니마저 잃어버린 외로운 상천이가 파랗게 마른 얼굴에 눈물을 흘리면서 절영도 섬 너머 저물어가는 바다를 바라보고 있습니다.

부모도 친척도 없는 몸이 언니마저 돌아오지 아니하면 누구와 울고 누구를 믿고 살겠습니까……. 외롭게 외롭게 울면서 삼 년째 바다만 바라보고 살아 온 슬픈 신세를 생각하면 상천이는 그냥 언니 언니 소리치면서 울고만 싶었습니다.

내일이 팔월 보름 추석날입니다. 남들은 형제가 손목잡고 부모님 산소에 가는 날입니다.

아아, 어머님 산소에 가거든 같이 놀자 하던 언니는

왜 아니 돌아옵니까.

저물어가는 바다는 말이 없이 잠잠할 뿐인데 상천이의 마음은 있는 대로 녹아 나오는 것처럼 하염없이 눈물이 샘솟듯 흘릴 뿐이었습니다.

상천이는 한숨을 쉬면서 기운없이 일어났습니다. 그러나 집으로 돌아갈 생각은 나지 않았습니다.

'언니— 언니.'

바다를 바라보면서 허청대고 슬픈 소리로 불러 보았으나 바다에서는 바람 소리밖에 아무 소리도 들리지 않았습니다.

▶▶▶몽견초, 『어린이』 3권 10호, 1925년 10월호

풍자기[29]

제법 봄철이다.

저녁 후에 산보격으로 천천히 날아 났으니, 어두워 가는 경성 장안의 길거리에는 사람놈들의 왕래가 자못 복잡스럽다.

속이기 잘 해야 잘 살고, 거짓말 잘 해야 출세하는 놈들의 세상에서 어디서 얼마나 마음에 없는 거짓말을 잘 발라맞혔던지, 돈푼 감추어 둔 덕에 저녁밥 한 그릇 일찍이 먹고 나선 놈들은,

"내가 거짓말 선수다."

하고 점잖을 뽐내면서 걸어가는 곳이 물어볼 것 없이

29) 諷刺記. 남의 결점을 다른 것에 빗대어 비웃으면서 폭로하고 공격한 기록. 문학작품 등에서 현실의 부정적 현상이나 모순 등을 빗대어 웃으면서 씀.

감추어 둔 계집의 집이 아니면 술집일 것이요, 허술한 허리를 꼬부리고 부지런히 북촌[30]으로 북촌으로 고비 끼어 올라가는 놈들은 어쩌다가 거짓말 솜씨를 남만큼 못해서, 착하게 낳아 논 부모만 원망하면서, 점심을 끼고 밥 얻으러 다니는 패들이니, 묻지 않아도 저녁밥 먹으려고 집으로 기어드는 것이다.

그 중에도 그 오가는 복잡한 틈에 간신히 이름 높은 유명한 선수들이 지나갈 때마다 모든 사람들이 넋을 잃고 부럽게 바라보고, 우러러보고 하는 것은 그가 치마라 하는 굉장한 옷을 입고, 마음에 없는 웃음을 잘 웃는 재주 덕으로, 누구보다도 훌륭한 팔자를 누리게 된 사람들의 세상 치고는 가장유명한 선수인 까닭이다.

그렇게 유명한 선수가 팔다가 남은 고기를 털 외투에 싸 가지고 송곳 같은 구두를 신고 갸우뚱갸우뚱 지나가시는 그 옆에서는 이틀을 팔고도 못다 팔고, 남은 비웃[靑魚][31]을 어떻게든지 아무에게나 속여

---

30) 조선시대에 서울 안에서 북쪽으로 치우쳐 있는 마을들을 통틀어 이르던 말.
31) 청어를 식료품으로 이르는 말.

넘기려고,

"비웃이 싸구려, 비웃이 싸요. 갓잡은 비웃이 싸구려."

하고 눈이 벌개가지고 외치고 있다. 냄새는 날망정 바로 펄펄 뛰는 비웃이라고, 악을 쓰고 떠드는 꼴이야 제법 장래 유망한 성공가가 될 자격이 있다 할 것이다.

대체 사람놈들의 세상처럼 거꾸로만 된 놈의 세상이 또 어디 있으랴. 바른 말만 해 보겠다는 내가 도리어 어리석은 짓이지…….

앗차차 여기가 어디냐?

하하―. 이것이 경성 복판에 새로 뚫렸다는 신작로로구나. 신작로는 으레 이렇게 쓸쓸스런 법인가? 하하―. 이것이 말썽 많은 충동. 그러나 지금은 조선 제일의 문 부호 문 대감댁이 되었다지……. 원래 문 씨의 집이던 것이 같은 문 씨의 집이 되었구먼…….

사람만 바뀌었을 뿐이지. 이크! 저 큰 대문에서 인력거나 나온다. 앞에서 한 놈이 끄는 것은 보통이지만 또 한 놈이 뒤를 밀고 오는 것은 특별이다.

대체 누가 탔는가 하고 골목 옆에서 기다리고 있다가, 후르륵 날아서 인력 거의 우비 창살에 앉아서 보니까, 이크 바로 훼당(毀堂[32]) 대감 문 대감이시다.

이 거룩하신 성공가, 이 위대하신 당대 제일의 선수이신 문 대감께서 어찌하여 자동차를 타지 않으시고, 76이 되신 귀체를 훌훌한 인력거 위에서 흔들리면서 어디를 행차하시는가 싶어서, 나는 오늘 저녁 내처 이 거룩한 행차의 뒤를 따르기로 하였다.

갯골 꼭대기 맹현[33] 밑 첩의 아들일망정 애지중지 길러 놓으신 아드님 재식의 집에를 가시는가? 그렇지 않으면 교동 양아드님 경식의 집에를 가는가……? 어쨌든지 그 두 집 중에 한 집이겠지 했더니, 웬걸 웬걸 이 하얀노 대감이 인력거를 내리신 곳은 갯골도 아니요, 교동도 아니요, 축동과는 바로 아래 윗집같이 가까운 ○○동의 그리 크지 않은 기와집이다.

야아 이거야말로 대감의 비밀 출입인가보다……. 하고 눈치 채인 나는 우비 창살에서 후르륵 날아, 대

---

32) 헐 훼, 집 당
33) 名賢: 이름난 어진 사람.

감의 그 부드러운 인버네스(외투) 위에 옮겨 앉았다.

중문에서부터 행랑 사람들이 두 손을 마주잡고, 허리를 굽히고, 안에서 침모 식모 같은 계집들이 후닥닥 그러나 몹시도 얌전히 내려와 양수 거지를 하고 섰고……. 조그만 집안에서일망정 대감의 위엄이 어찌도 대단한지, 그의 어깨 위에 앉은 나까지 어깨가 으쓱해서 "에헴!" 하고 나 혼자 큰기침을 해보았다.

대감이 마루 끝에 올라설 때, 그 때에 안방 방문이 부스스 열리면서, 톡 튀어나와 생긋 웃는 어린 여자 한 사람! 대감도 히히히 처신없이 웃는다.

얼른 보아도 그 어린 여자가 이 집 주인 같은데, 그가 누구일꼬……. 잘 되었어도 간신히 20살밖에 못되었을 어린 여자가 80 가까운 뼈다귀를 보고 생긋 웃는 맵시를 보면, 그 역시 장래 유망한 어린 선수인 것은 사실이다.

그러나 눈뜬 사람의 것을 마음대로 휘몰아다가 제 것을 삼고, 그리고 그걸로 온갖 영화를 누리고 있는 이 휏당 대감 앞에야 태산 앞에 한 좁쌀알에 지나지 않을 것이다.

그러면 대체 이 어여쁜 어린 여자가 대감의 무엇일꼬……. 손녀? 증손녀? 그렇다. 근 80에 20이면 넉넉히 증손녀는 될 것이다.

　　그러나 웬일인지, 그의 입으로서 할아버지라는 소리는 나오지 않는다. 그 고운 손으로 대감의 인버네스를 곱게 벗겨서는 벽에 걸어 놓고 대감 아니 증조할아버지일 대감의 무릎 위에 엉거주춤하고 앉으면서,

　　"아이고 저는, 오늘 집에 오셔서 저녁 진지를 잡수실 줄 알았어요."

하고 어리광을 부리면서 '아이그 망측해라' 자기 **뺨**을 증조할아버지의 핏기 없는 **뺨**에다가 갖다 대인다.

　　"히히―. 꽤 기다리고 있었고나."

하고 말소리를 흐리면서, 떨리는 듯한 손을 가져다가 증손일 듯한 그 어린 여자의 턱을 쥐어 자기의 턱 밑에 가져다가 입맞출 듯이 흔들면서 어루만지십니다.

　　이 처신없는 망측스러운 꼴―. 그까짓 것은 말 말기로 하고, 대체 그 여자의 동그스름하고, 갈쯤해 보이는 귀여운 얼굴이 찾아볼수록 어디인지 전에도 보던

얼굴 같다.

조 새실대고 해죽거리는 얄밉게 귀여운 얼굴! 근 80의 해골을 얼싸안고, 녹여 죽일 듯이 대담스럽게 아양을 떠는 맵시, 옳지 옳지 나는 그것이 누구라고, 하하—.

조 계집애가 어느 틈에 근 80 해골의 장난감이 되어 와 있고나.

그는 성을 김가라 하고, 이름을 곡자라 하는 금년 스물한 살된 여자이다.

그러나, 김곡자라 하면 모를 이가 많지만 수년 전까지 ○○동 목욕탕 주인 석에 앉아서 벌거숭이 남자를 이 사람 보고 웃어 주고, 저 사람 보고 웃어주던 일본 여자인지, 조선 여자인지 모를 어여쁜 여자라 하면 아는 사람이 많기는 커녕 한때씩일망정 그의 남편이었던 사람도 많을 것이다.

그는 서울 사는 김○○의 딸로 ○○동 목욕탕 주인인 일본 사람의 양딸이 되어 어려서부터 벌거숭이 남자들만 보고 자라났는데, 열여덟, 열아홉 때에는 그렇지 않아도 곱던 얼굴이 한창 피어서, 공연히 목욕 오는 남학생들의 속을 태워 주었다. 그러나 원래 선수될 만한 자격을 타고난 사람이라 이 사람과도 사랑을 하고 저 사람과도 사랑을 바꾸어 오다가, 급기야 장희○이라는 청년에게 몸을 맡기어 장과 함께 명치정에서 '○○노야'라 하는 일본 여관을 경영하면서 부부의 단 살림을 하고 있었다.

그 후에 들으니까, 작년 11월 공교히 장이 병이 나서 병원에 입원한 사이에 그 친아비가 어느 부자의 첩으로 팔려고, 딸을 꾀어 가지고 장에게 생트집을 잡아 박차 버리고, 임시 수단으로 진고개[34] 본정 5정목 어느 카페에 술 심부름꾼으로 갖다 둔 체하여 완전히 장을 떼어 버리고, 어느 부자의 첩으로 들어갔고, 아비는 돈 천 원에 집 한 채를 얻었다더니, 오늘

---

34) 서울특별시 중구 충무로2가 전 중국대사관 뒤편에서 세종호텔 뒷길에 이르는 고개로 남산의 산줄기가 뻗어내려오면서 형성된 고개이다. 높지는 않지만, 흙이 끊어질 정도로 질었던 데서 유래된 고개이름이며, 한자명으로 이현(泥峴)이라고 하였다. 광무 10(1906)년에 깊이 2.4m가량 파내어 높이를 낮추고 현대식 도로를 만들어서 높이 1.5m의 방추형태 하수도를 묻어 이 일대의 하수를 통하게 하였는데, 이것이 서울시내 하수구 도랑의 시초가 되었다. 이 일대를 남산골이라고 불렀으며, 가난한 선비들이 살면서 나막신을 신고 다녔다고 해서 남산골 딸깍발이 또는 남산골 샌님(생원님)이라고도 불렀다. (서울지명사전 참조.)

지금 보니까 부자 치고도 광장한 부자 저 80 해골 휘당 문 대감의 첩이 되어 와서 밑천 안 드는 고기 장사를 하고 있고나.

대감도 대감이지 돈이라면 ○○질도 사양하지 않고 계집이라면 ○피 창피도 가리지 아니하여 온 성공가 이기로 나이가 70하고도 또 여섯 살이 아닌가 말이다.

아들 재식이의 집(잿골), 침모의 딸 선희(仙喜)가 그 집에서 자라난 어린 것임에도 불구하고 80 대감이 침을 삼키고 지내다가 작년 가을(선희는 작년에 열아홉 살이었다.)에 일부러 앓는다고 핑계하고 누워서 하필 자기가 길러낸 것이나 다름없는 선희(아들의 집 침모의 딸)를 불러오라 해서 간호를 시킵네 하고, 강 ○을 하지 않았느냐 말이다. 저 80 대가리로 말이야. 그러나, 그 때 선희가 분한 것을 참지 못하고 냅다 떠들고 야단을 하고 자기 집으로 도망을 해 가버려 놓아서 집안에는 해주집(재식의 생모)의 늙은 강짜에 큰 풍파가 일어나고 대감의 위신은 개밥같이 땅에 떨어졌을 뿐 아니라 선희의 생부가 고소를 제기한 것을 돈 2천 원을 주고 빌고 빌어서 중지를 시켰더니,

지금와서 또 1만 8천 원을 내라고 고소를 제기하고 있는 중이 아니냐 말이다.

색마의 집이다. 부자의 집이다. 죄악의 대궐이다. 그 안에서 너의 어느 아들이 어느 손자가 또 선희를 침범하였는지 알 길이 있느냐. 아비에게나 할아비에게 계집을 빼앗기고, 혼자 주먹을 어루만지고 있는 놈이 꼭 없다고 어떻게 보증을 할 재주가 너에게 있느냐 말이다.

아―, 보기에도 더러운 집에 내가 왜 한시인들 더 오래 있으랴. 이놈의 집에 우스운 이야기를 하나만 더 하고 그만두자. 작년 봄에 연당집이라는 첩년이 죽어간 후로 75세 대색마 대감이 기어코 아들의 집, 침모의 딸을 강○까지 하고 나서 다시 젊은 계집을 얻은 일을 이야기하고, 재식이에게 주선을 시켰더니 대감의 사랑을 혼자 받던 재식이가 철이 나서 그랬든지, 어머니(해주집)의 시앗 볼 설움을 생각하고 그랬든지, "칠순이 넘으신 몸에 체면상으로라도 그런 실수가 있습니까?"

하고 불효 막심하게도 영영 듣지를 않았다.

아들놈에게 창피한 핀잔을 받고도 80 색마가 타오르는 더러운 욕정을 주체할 길이 없어서, 늘 구박만 해 오던 양아들 경식이에게 계집애를 얻어 달라고 애걸을 하였다.

이 때까지 구박 푸대접만 받으면서 돈 한 푼 마음대로 써 보지 못하고 울고만 있던 경식 나으리가 이게 웬떡이냐 하고, 바짝 긴하게 굴면서 주선주선해서 일본 계집애 스물한 살 먹은 것을 어느 목욕탕 집에서 데려다가 진상을 했더니, 대감이 뼈가 녹는 맛에 어찌도 양아들이 별안간에 어여쁘던지 한 달 생활비를 2백 원씩 가해 주고 볼 적마다,

"들으니, 네가 남의 채무가 있다 하니, 그래서야 쓰겠느냐."

하면서, 돈 뭉텡이35)를 집어 준다.

그것도 오늘 지금 아니까 이 김곡자의 이야기인 것을 알았다.

아—, 저 꼴을 보아라. 자리에 누워서 허리 옆에

---

35) 뭉터기. 한데 뭉치어 이룬 큰 덩이. 강원도, 제주도 방언.

계집애를 앉히고, 침을 흘리는 저 꼴을 보아라. 죄로써 지은 생활이 호화로운들 몇 날이나 더 호화로우랴 해서, 마지막을 기다리는 짓이라 하면 오히려 가긍하려니와 이제 재미있는 문제가 남는 것은 어미를 생각한 재식이에게 효자 가락지를 줄 것이냐? 아비의 욕심을 생각한 경식이에게 가락지를 줄 것이냐? 하는 것이다.

이것도 네가 저 꼴을 하면서도 툭하면 열녀니 효자니 하고 긴치 않게 반지를 잘 만들어 준다니 말이다.

▶▶▶은파리, 『별건곤(別乾坤)』, 1927년 3월호

파리와 대감의 대화

파리 "대감! 신년 새해에는……."
대감 "에그 고놈, 픽도 덤빈다. 웬 하얀 파리가 이
　　　겨울에 죽지도 않고……." 하며 이마를 딱!
파리 "앗차차 나는 벌써 여기 내려 앉았는데, 초하룻

날 이마는 왜 치십니까. 모처럼 새해 인사나 하려고 했더니 점잖은 혼자 차리면서 그게 무슨 망신입니까. 아무도 없었기 다행이지요. 내 걱정 말고 어서 보던 것이나 보십시오. 아아 연하장을 보시는군요……. 에그? 퍽 많은데, 나는 별로 없을 줄 알았더니.”

대감 “왜 요놈아. 없을 줄 알기는 왜 없을 줄 알았니. 이래도 이게 2백여 장이나 되는데.”

파리 “그래도 무던합니다. 2백여 장이나 되니, 그래도 그 중에 정말 진정으로 쓴 연하장이 몇 장이나 됩니까. 무어요? 연하장은 다 마찬가지야요! 그야 그렇지요. 그렇지만 대감께 온 연하장은 거의 다 은행 진 고개 상점 같은 데서 올해에는 작년보다 좀더 돈을 가져 가려는 신년벽두의 상략(商略)이니까, 골이 나지요. 물건 많이 팔아 달라는 광고 아니야요?”

대감 “왜 어디 상점에서 온 것뿐이야?”

파리 “딴은 다른 데서 온 것도 많지만……. 국민 협회, 무당 조합, 또 무엇입니까? 아아 기생 조합,

참 훌륭합니다. 그런 단체의 커다란 도장이 덜 컥덜컥 찍혀 왔으니⋯⋯. 또 그 다음에, 아아 이건 모두 대감 명함의 세력으로 군서기 조각, 그도 못하면 헌병 나부랑이나 얻어붙은 것들이 그래도 은공을 생각하고 한 것입니다그려. 그러나 그나마 진심으로 쓴 것이 못되고, 다른 친구에게 하던 끝에 '에그 돈 양반 똥 속에 빠진 셈 대고 하나 써 주어라. 그럼 신대가리 영감이 턱을 쓰다듬으면서 좋아할 터이니, 그래도 그의 이름으로 요것이나마 했는데⋯⋯' 하면서 마지못해 써 보낸 것이니까, 괘씸하지 않아요?"

대감 "그럴 리가 있니. 네가 공연히 하는 소리지."

파리 "그럴 리가 있느냐고요. 당장에 대감도 서사를 불러서 '여보게 그까짓 거 하나, 아니하나 소용은 없는 것이지만 그래도 새해에는 으레들 하는 것이니 잊지 말고 몇 군데 연하장을 보내게.' 하시지 않았습니까. 새해에 으레하는 것이니까, 싫거나 좋거나 한다! 그게 무슨 껍질만 바르는 허위의 짓입니까. 그런 짓을 하면서 태연히 그래도 점잖은 체하고 살아가니, 여간한 사람의 세상이라는 그것이 우스운 것이지요. 사람의 세상에서는 그렇게 거죽을 잘 바르는 이를 잘난 사람으로 알지 않아요! 거짓말 잘 하고, 싫은 사람을 만나서도 좋은 체하고, 돌아서서는 욕설을 퍼부으면서도 만나서는 함부로 거짓말을 하여 추켜올리고 하는 사람이 교제에 성공하는 사람이 아닙니까. 어떻든 거짓말 잘 하고 제 속을 잘 감추어, 여기저기 아첨 잘 하는 사람일수록 그를 교제가라고 하지요. 남을 이리저리 속여 넘기기 잘 하고, 험집만 안 나도록 교묘하게 거짓말을 잘 하는 사람이 그 중 승리자가 되는 것이 당신네 사람의 세상 아니야요? 대정치가니, 대외교가니, 대부호니 하고 떠받치고 호강하는 사람을 반드시 거짓말 제일 잘 하고, 남을 제일 많이 속인 공로가 많은 인물이 아닙니까. 누구든지 물질적으로 사람다운 생활을 하려면, 즉 돈 많고 세력 많은 사람이 되려면 부모도, 형제도, 친척도, 동포도 모르고 그저 눈 딱 감고

힘껏 속이고 빼앗고 흠뻑 거짓말을 하면 반드시 자산가, 교제가로 성공할 것은 의심 없으니까. 그렇지 않아요? 보통이면 그렇게 거짓말 많이 하고, 사람 잘 속이고 하는 놈은 법이라는 게 차별을 할 터인데, 당신네 사는 세상은 그렇지를 아니하고, 거짓말도 할 줄 모르고 남의 것 속여 빼앗을 줄도 모르고, 그저 제 팔 제 힘으로 제가 벌어 먹을 줄만 아는 사람은 거의 세상에 살 자격이 없는 것같이 점점 밀리고 눌리고 빼앗기고 하여, 없고 추위에 벌벌 떨게 되고, 도리어 거짓말 잘 하고, 남을 많이 잘 속이는 놈이 성공가이니 자본가 이니 하고 영화롭게 지내게 되니, 그 점이 아마 사람의 세상의 특점인가 봅니다. 그런 세상에 사니까 대감도 퍽 다행하시지요?"

대감 "그게 모두 무슨 소린지 모르겠다. 남을 속인다거나 그런 불법의 짓을 하면 법률이라는 게 있는 데 가만 두니?"

파리 "법률? 당신네 세상에서 지금 쓰는 그 법률!

그것이 무슨 그리 절대 엄청난 것입니까. 공평치 못한 제도에 있는 사회, 거기서 갖은 부정, 갖은 허위의 수단을 다하여 성공이니 출세이니 하고, 머리를 들고 나온 자들이 저희 동류끼리만 손목을 잡고 나아가는 지금의 사회, 말하면 자본 계급만 옹호하는 정치, 그런 세상에서 무슨 그리 법률의 절대 엄정을 말하며, 그 권위의 신성 공평을 말할 수 있습니까. 살인, 강도 그런 범죄자를 지금의 법은 처벌합니다. 그러나 그 망을 살살 피해 가면서 느긋한 그 그물의 눈새로 빠져가면서 갖은 인도상 차마 하지 못할 죄악을 범하면서도, 그래도 행복을 혼자 누리고 살아가는 그 점이 사람이란 동물에 진귀한 '지혜'라는 것이 있는 까닭이고, 동시에 사람이 만물 중에 최영(最靈)하다[36]는 점인 듯합니다. 딴은 몹시 영(靈)합니다. 죄는 죄대로 지으면서 법에도 안 걸리고, 복만 많이 받고……."

---

36) 가장 신령스럽다.

대감 "죄 짓고 복받는 사람이 어디 있어. 그리고 누가 사기 취재를 해서 돈을 모은단 말이냐. 부지런히 벌어서 치부를 하지."

파리 "재산가가 제 재산을 늘리는 수단이 그렇게 정당합니까? 고리 대금, 다 낡은 집을 사서 빈민에게 샀을 세 주고, 엄청난 세금 빼앗아 먹기, 오히려 그건 덜 하지요. 우선 대감의 광산으로 보아도 그렇지요. 낮에도 불을 켜고, 광원을 파 들어가는 그 광부가 얼마나 불쌍한 빈민입니까. 그네가 노부모 약 처자를 먹여 살리기 위하여, 그 광굴 속에서 일을 하다가, 그 구혈이 무너져서 시체도 찾지 못하고, 그 굴속에서 몇십 명의 광부가 묻혀 죽는 일이 드물기나 합니까? 그렇게 생명을 걸고 노동하는 그네에게 대감은 상당한 고금(雇金)37)을 줍니까? 더구나 그 광부의 죽음으로써 그의 불쌍한 늙은 부모, 어린 자식들이 굶어 죽는 지경에 이르지 않나요? 그네가 그렇

---

37) 삯돈(삯으로 받는 돈).

게 위험한 일을 불구하고 생명을 바쳐 노력하되 오직 보수는 학대뿐이요, 그 노력으로 하여 얻은 이익은 뉘 손으로 갑니까. 대감은 대감의 이익을 위하여 얼마마한 생명을 몇 푼 안 되는 고금에 희생하고 있지 않아요? 빈자의 생명을 바치고 그 전력을 기름 짜듯 짜서, 그 이익을 자기가 홀로 삼킨다. 쟁탈, 취재, 횡령이 이보다 더한 것이 어디 있겠습니까? 더 기막히는 일이 있지요. 여기 불쌍한 노동자들이 땀을 흘려 가며 그 힘을 다하여 훌륭한 병원을 건축합니다. 그러나, 며칠 아니 있어서 그 집짓던 노동자가 중병에 걸린 사태에 빠졌습니다. 그러나 자기의 전력을 다하여 지어 놓은 그 병원에 입원하지 못합니다. 이런 공평치 못한 사회가 또 어디 있겠습니까?"

대감 "노동자라고 병원에서 안 받아들일 리가 있나. 노동자라도 입원료만 내면 왜 안 받으리."

파리 "그럴 듯합니다. 그러나 이 사회가 그 노동자에게 병들면 입원할 만한 여유를 주었습니까? 죽음에 임박한 병자가 앞에 있어도 입원료 때문에 입원을 못시킨다는 사람이 자기의 영업소, 말하면 그 집으로 하여 재산을 모을 돈 주머니인 중대한 집을 지어준 노동자에게 상당한 보수를 주었습니까? 많은 일을 시키고 적은 고금으로 시치미를 떼는 그런 무도한 사기, 횡령, 그리고도 의약의 힘으로 넉넉히 구할 수 있는 병자를 모른 체하고 죽게 되는 비인도, 아니 살인범자, 그래도 그 놈은 살인죄에 걸리지 아니하고 여전히 행복자이지요. 그리고 그 무리한 이익, 수다한 빈민을 희생한 재산 그것이 또 얼마나 사회에 유익하게 쓰이는지 생각해 보십시오. 어느 학교에 기부를 한 번이나 한 일이 있습니까? 어느 청년회에 기부를 하신 일이 있습니까? 기부는 그만두고라도 사회라고 하는 그것을 한때라도 생각한 일이 있습니까? 대감이 인류 사회에는 조금도 이로운 일 없는 낭비, 잠시 동안의 유흥비, 그만한 액수만 있으면 얼마나 많은 빈민을 구제할 수 있는 것인 줄을 생각하고 또는 대감 개인의 유흥비 그것이 얼마만한 빈민의 희생으로써 된 것인지를 생각해 보십시오. 대감 부인이나 새로운 학생 마마의 화장품 그것에 무산 계급의 가련한 노동자의 설움 많은 눈물이 묻어 있는 줄을 모르고 칠 줄도 모르면서 허영으로 사다 놓고 둥둥거리는 피아노의 울림에 무도한 유산 계급에게 박해를 당하고 가난에 우는 빈자의 원성이 섞여 있는 줄을 모르시지요?

대감 "왜 기부를 한 일이 없다 해. 올 여름에도 수해 구제에 백 원이나 냈는데……."

파리 "무던합니다. 여하간 백 원 돈이나 내셨으니. 그러나 그 때 그 기부를 청하는 이가 신문사가 아니어서 백 원 아니야 만 원 냈더라도, 아무 자작(子爵)38) 일금 백 원이라고 신문에 나지 아니하는 것이었으면, 그것도 안내셨겠지요. 진심으로서 주는 동정이 아니고 신문지를 이용하는 자가의 광고, 자선가라는 거짓 명예를

---

38) 고려 공민왕 때 둔 오등작의 넷째 작위. 백작(伯爵)의 아래, 남작(男爵)의 위의 작위이다.

위하여 내어 논 백원이……그것 무던합니다. 혁신 단장(革新團長[39])이라는 임성구(林聖九)가 남선(南鮮) 모모처(某某處)[40]에서 걸인 고아의 떼에게 밥과 옷을 해 주었다기에 기특한 소행이라고 하였더니, 나중에 보니까 그것을 모조리 사진을 박아서 연극 광고에 대서 특필하여 거리마다 건 것을 보고, 이놈이 걸아에게 동정을 하여 의식을 준 것이 아니라, 자기의 인기와 혁신단에 대한 일반의 찬의를 얻기 위한 광고적 수단이었구나 생각하고 괴악한 놈이라 한 일이 있지만, 대감의 백 원 기부도 그런 것입니까? 빈민 구제를 이용하여 자기의 자선적 명예를 구한다……. 여하간 그 백원의 분배를 받은 빈민은 감사는 하겠지요. 그러나, 대감이 자본가가 되기 위하여, 세력이 있는 작위를 얻기 위하여 희생한 그 빈민을 성공 후에는 또 허위의 자선으로 명예를 박(博)하기 위하여 거듭 희생

---

39) 團長: '團'자가 붙은 단체의 우두머리.
40) 어떠어떠한 곳.

하는 것은 너무 심하지 않습니까? 백 원 기부를 아끼지 않는 대감댁 문전에서 아까도 불쌍한 맹인이 어미 잃은 어린딸을 등에 업고 밥 한 술을 달라다가 밥도 못 얻어먹고, 떨면서 쫓겨 갔으니 웬일입니까. 아마 그런 무명 걸인에게는 옷 한 벌쯤 해 입혀도 대감의 아무 자작이라는 다섯 자가 신문에 오르지를 않겠으니까, 효용없는 자선이므로 그냥 쫓았지요?”

대감 “그건 나는 못 보았다. 내가 보았다면 그냥이야 보냈겠니?”

파리 “하하! 참 거짓말 잘 해야 성공하는 세상에서 자본가요, 세력가인 귀족으로까지 성공 대성공하신 이라, 참 수단 있게 잘 피하십니다. 그럼 그건 못 보셨다니 그만 두고서라도 대감이 진정한 자선심이 많은 이라면 그래 그 물가 등귀로 조석의 끼니를 잇지 못하고 눈이 뒤집혀 살려고 애들을 쓰는 데다가 더구나 재정 공황까지 겹쳐 중류 인민까지 파산을 거듭하고 자살을 하네, 도망을 하네 하는 이 살풍경을 눈으로 보면서 대감은 혼자 부른 배를 어루만지며 내일은 사회 명사인지, 박사인지 거짓말 명수 들을 청해서 신년회인지 무엇인지를 한다니 그것은 웬일입니까? 그것은 무슨 거짓말로 피하시렵니까?"

대감 "어허! 그것은 너무 무리한 말이지. 내 돈 나 가지고 일 년에 한 번쯤 신년 연회까지야 못할 것이 있나. 아무리 자선가라 하더라도 자기의 교제는 교제대로 따로 있지. 꼭 불쌍한 사람들과 똑같이 우는 수가 어디 있나?"

파리 "그래도 내 돈 나 가지고 라고 합니까? 무엇이 대감 돈이야요. 어떠했든지 대감 창고 속에 있으니까, 대감 돈입니까? 세상 사람이 모두 굶고 얼어 죽어도 대감 혼자 놀라는 돈입니까. 이 지구, 이 우주가 대감 혼자 살라고 만든 것인가요? 다 같이 요만한 땅에서 십육억(十六億)이 잘 살아가라고 창조하신 하늘의 뜻을 어기고 많은 땅도 욕심껏 혼자 차지하고, 남의 것을 긁어 빼앗고 하여 가지고, 대감 혼자, 잘 놀고 지내라는 세상이지요?"

대감 "누가, 누구나 다 같이 잘 살라는 세상에서 자기 홀로 잘 살겠다는 건가. 제각기 부지런히 벌어서 많이 번 사람은 잘 쓰고 잘 지내고 못번 사람은 못 쓰고 못 지내는 것이지……."

파리 "그런데 왜 잘 벌려고 전력을 다하여 생명까지 위험한 것을 무릅쓰고 일을 하는 광부에게는 이익의 천 분의 일, 만 분의 일도 안 주고, 편히 앉았는 대감은 천 갑절, 만 갑절씩 취하여 독차지하느냐 말이야요? 그게 횡령이 아니고 무엇이야요? 쟁탈이 아니고 무엇입니까? 그래도 대감 돈입니까? 한 번 더 그런 말씀 하면 내가 강도라고 부를 터입니다."

대감 "무엇이 어때? 강도? 요놈 조그만 놈이 못할 소리 없이 함부로 하는구나. 가거라 요놈, 얻어 맞지 말고……. 초하룻날 무슨 말을 못 해서 요놈 강도라 해, 왜 그놈들더러는 누가 자본가가 되지 말랬다더냐?"

파리 "에그그, 왜 이리 큰 소리를 내요. 초하룻날 초하룻날 하면서……. 그나 그뿐인가. 자본가 중에도 당신집 재산을 더구나 더 무리하게 참혹하게 당신 아버지가 한참 세력을 쓸 때에 생사람을 잡아다가 두들기고 빼앗은 것이라니까 더 하지요. 에이 더러워, 불한당, 사람 백정, 망나니……."

대감 "예기 요놈!"

하고, 주먹으로 화병을 때려 떨어쳐 깨뜨렸다.

파리 "하하하 미안합니다. 저는 벌써 여기 올라와 앉았는걸요. 애매한 화병은 왜 깨뜨립니까? 정월 초하룻날 사위스럽게……. 암만해도 운수가 좋지 못한가 봅니다. 주의하십시오. 여름에라도 목도리 두둑하게 하고 계십시오. 암만해도 염려됩니다. 여기야요 여기요. 당신의 머리 위야요. 암만 찾으려도 눈이 여기까지 오지 못합니다. 자―, 나는 그만 안으로 들어갑니다. 부인께 세배나 해야지요. 자―, 들어갑니다. 화병 깨뜨리는 통에 아마 머리 위에 소변을 지른 듯합니다.

용서하십시오."

사랑 뒤 복도로 자꾸 가다가 문을 둘 지나면 내사 대청 뒤 양실 마루로 통하여 안 대청마루로 들어간다.

파리 "마님, 과세나 안녕히……."

마님 "듣기 싫다, 저리 가거라. 다 성가시다. 과세가 무슨 빌어먹을 과세냐. 나 같은 인생이……."

파리 "애그머니, 초하룻날 새벽부터 왜 이렇게 불쾌히 구십니까? 왜 오늘도 어떤 놈이 이리 대고 돌멩이질을 했습니까? 아 그놈들 장난 심하군. 초하룻날 만은 그만둘 일이지……."

마님 "이 새벽에 누가 돌질을 하겠니. 그럼 왜요가 무어야. 조상 차례도 모르고 나가서 과세를 하고 오셨으니까 그러지……. 누군 누구야, 대감이 그러지……."

파리 "하하하 대감께서 저 여학생 마마님댁에 가서 과세를 하고, 새벽에 오셨다고요. 하하아 독숙공방(獨宿空房),41) 에에에 아니올시다. 뭐 결코

독숙공방이거나 간밤에 춥게 주무셨다고, 저 하
등배의 계집처럼 질투를 하거나 하시는 것은 결
코 아니지요. 조상께 대하여 미안해서 하시는
일이지요. 천만 지당한 말씀이올시다. 이만한
재산을 물려받고도 첩에 미쳐서 조상을 잊는다
는 것은 원! 작위에나 계시니까 그럴까? 그런
가문에 상서롭지 못한 일이 어디 있겠습니까?
웬만하면 요 전번처럼 시위 운동을 한 번 하십
시오그려. 예? 간수물이 없습니까? 없으면 간
장물이라도 잡숫고, 나 죽는다고 버럭 얼러 보
십시오. 전번에도 반 성공은 하시지 않았습니
까? 이왕 초하룻날 조상도 잊은 집에 큰 소리
좀 나기로 어떨 것 무엇 있습니까?"

마님 "정말 내가 죽든지 해야지 못 살겠다. 초하룻날
부터 이렇게 속을 썩이니, 이놈의 노릇을 하는
수가 있니?"

파리 "허—. 점잖은 귀부인이 욕설만은 빼십시오. 창

---

41) 독수공방(아내가 남편 없이 혼자 지내는 것).

피합니다. 정말 돌아가시겠다고요. 망령의 말씀이시지요."

마님 "그래 내가 다 늙어서 고 여학생인지 손자딸만한 것을 첩이라고 얻어 놓고 미쳐 다니는 꼴을 보고 산단 말이냐? 첩도 분수가 있지. 벌써 몇 째고 몇십 년째냐. 이건 장가 들 적부터 기생 첩을 둔 이니까 말할 게 무엇 있니. 내가 이 때껏 살 걸 살아왔니?"

파리 "왜요? 부자 장자였다, 세력가였다. 양반 중에도 귀족이었다, 문하에 하복이 수십 명이야─. 중문만 나서면 자동차가 대령하겠다, 그런 좋은 팔자가 어디 있겠습니까? 그리고 오늘 매일 신문 신년호에도 사시에 춘풍 부는 ○자작(子爵)의 화락한 가정이라 하고, 이 댁 사진까지 떡 냈던데요……. 못 보셨습니까?"

마님 "사시 춘풍42)? 밤낮 폭풍이나 불지 말래라. 어떤 놈이 그런 소리를 써냈다더냐? 그 놈이 사랑

---

42) 四時春風: 두루춘풍(누구에게나 좋게 대하는 일).

에 와서 세찬 대전(歲饌[43]代錢[44])이나 두둑히 얻어간 게지. 나더라 신문을 내라면 몇백 장을 낸단다. 밤낮없이 손자 딸 같은 첩에게 매달려 박혀 있지, 세배도 제일 먼저 정성스럽게 오는 놈이 기생 조합 사무원이지. 그래도 대문만 나서면 가장 점잖은 것처럼 에이 에이 그 놈의 거만……."

파리 "딴은 그렇겠습니다. 나는 그래도 이 때껏 퍽 부럽게만 알았지요. 세상의 돈을 모두 긁어다가 그렇게 허비하고 그러느라니, 속에 든 건 없이 그래도 점잖은 체해야겠으니 괴로운 일이고, 아내가 아내다운 맛이 있을까, 남편이 남편다운 맛이 있을까. 아내가 어떻게 쓸쓸해하거나 말거나 남편은 첩에게 묻혀 있고, 남편이 어디 가서 늦게 오거나 말거나 아내는 애저녁부터 코를 골고, 내외가 조석을 같이 맛보는 재미가 있을까? 생활의 염려를 서로 나누어 해보는 정이

---

43) 세배를 하러 온 사람에게 대접하는 음식.
44) 물건을 대신하여 주는 돈.

있을까. 어근버근 참말 세상에 맛없는 생활은 그거로구만. 아요 너머 배추밭 모퉁이에 있는 초가집을 보아요. 어떻게 재미있게 사나. 사내는 예술가지요. 해외에까지 다녀와서 상당한 인격자구요. 아내는 서울 어느 학교 대학부까지 졸업을 하고, 교육에 종사를 하는데요. 시어머니 한 분만 모시고 사는데 어떻게 재미있는지 몰라요. 아내는 진심으로 남편을 섬기지요. 남편은 지극히 아내를 사랑하지요. 그리고 내외가 다 뜻이 맞아서 기와집보다는 초가집이 시취(詩趣)45)가 있다나요? 그래서 시중은 복잡하고 공기도 더럽고 하니까, 그 초가집을 일부러 골라 왔대요. 새벽녘 해에나 해질녘에는 꾀꼬리 같은 노래 부르는 소리가 하늘에서 나는 것처럼 들립니다. 어디서 나나 하고 보면 그 교사 다니는 아내가 흰 저고리 검은 치마를 입고 밭고랑으로 물통에 물을 길어 들고 가면서 창가를 하겠지

---

45) 시정을 일으키는 취미. 시적인 취미.

요? 사내는 어디를 갔다가 으레 고기나 생선 같은 것을 손수 들고 오지요. 하인이 있나, 무엇이 있나. 어떤 때는 보면, 젊은 내외가 둘이 다 부엌에서 일을 하겠지요! 좀 재미있겠어요! 그리고, 밤이면 사내가 지어 논 소설을 아내가 시어머니에게 읽어 드리지요. 그러면 또 노인은 웃으면서 '이건 우리집 살림하는 꼴을 이야기책으로 만들었구나. 이걸 책에다 낸다면 우리 아는 사람들이 웃겠다.' 하면서들 웃지요. 공일날 같은 때에는 젊은 내외가 나란히 서서 산보를 가지요. 재미있지 않습니까? 재산 없는 사람이니까 한 달 수입으로 한 달을 먹지요. 돈이 많으니 남에게 싫은 소리를 듣나요, 돈 때문에 겁이 나나요. 정말 그 집에 가면 참말 사람 사는 것 같구 우리도 부럽습니다. 정말 돈 많고 살림다운 살림을 못하는 이 댁보다도 돈 없어도 정답게 사는 살림이 나는 부러워요……."

마님 "단 하루를 살아도 좀 그렇게 살아 보고 죽었으면 좋겠다. 이게 사람 사는 꼴이냐 죽지? 못해

하는 것이지. 그까짓 돈만 많으면 무엇하나? 돈의 종이지."

파리 "왜 이래요. 어느새요? 이제 좀 더 돈 때문에 고생 고생해야지요. 돈 맛을 좀더 알아야지요. 이 집 그 돈이 어떻게 모인 돈이야요. 도적질을 하다시피 해서 남의 못할 일을 그렇게 많이 하고, 그 돈으로 마음 편하게 잘 살듯 싶어요? 그럼, 천리(天理)라는 게 없게요. 무얼 그래요. 당신도 이 집으로 시집올 때에 돈 욕심에 왔지요? 이제 돈 맛을 착실히 좀 알아야지요. 돈에 팔려 시집을 온 것! 돈에 팔려 다니는 몸뚱이, 에그 더러워. 그 더러운 속에서 그래도 남편이 첩만 안다고 좋알거리지. 당신은 무에 정조가 그렇게 에에 더러워 매신(賣身)46)! 매음(賣淫)47)! 그래도 귀부인!"

마님 "에그 요놈의 파리 잡으려니까, 하필 남의 코 밑에 와 앉니, 에 요놈의 파리."

---

46) 몸을 팔아서 남의 종이 됨. 몸 파는 일.
47) 몸 파는 일.

하고 코 밑을 친다.

파리 "코 밑을 때려도 당신이나 아프지, 나는 벌써
    갑니다. 코 밑에 닿은 것이 내 발이 아니고 못
    잊어 하는 중놈의 입살(입술)이었다면 좋았지?
    에에 그래도 귀부인!"
(별난 은파리 이번엔 뉘게로 갈는지)

▶▶▶은파리, 『개벽(開闢)』 제7호, 1931년 1월 1일

파리와 서방님의 대화

이 집 서방님이라고는 대감 둘째 첩의 아들이다.
새해에 열여섯 살이 되는데, 따님이 둘이고 코가 남
보다 유난히 커 보인다.

파리 "서방님 과세 안녕하셨습니까? 에그 신년 새해
    에 화투가 웬일입니까? 기나긴 세월에 어느 때

못해서 정월 초하룻날 아침부터 그런 걸 만지고 계십니까?"

서방님 "왜 화투를 가지고 있으니까 놀음을 하는 줄 아니? 이걸로 올해 운수를 보는 거란다."

파리 "딱도 합니다. 조상 차례도 잊어버리고 앉아서 운수는 무슨 운수야요. 길(吉)해야 백작 아니 백장되고, 불길하면 대감 침실에 화산이 터지고, 그 밖에 더 알게 무어 있어요?"

서방님 "조상 차례야 아버지가 안 지내시는 걸 내가 어떻게 지내니?"

파리 "응흥, 잊어버리지는 않았는데 어른이 잊어버렸으니까 따라서 안 지냈다?"

서방님 "아침 먹으라고 깨우기에 일어나니까 벌써 대청에서 큰어머니가 '조상도 모르고 이 집에 첩이 제일이냐 마냐.' 하고 야단인걸 어떻게 잊어버리랴 잊어버릴 수가 있디?"

파리 "그런 못난 소리 그만두고 새해부터는 제발 좀 학교에를 다니든지, 독선생(獨先生)48)이라도 앉히고 좀 배워요. 나이 열여섯 살에 그 글씨

꼴하고, 글씨는 여하하든지 편지 하나나 할 줄 알아야지. 그래도 귀족 행세는 하느라고 기생 오입은 할 줄 알아서……. 그까짓 기생에게 하는 편지를 남을 술을 사 먹이면서 써 달라는 꼴은 참 가관이지요."

서방님 "그까짓 편지야 서사가 있겠다……. 편지 쓰자고 공부를 한단 말이냐?"

파리 "서사만 믿고……. 왜 돈하고 작위(爵位)만 있으면 세상 일이 저절로 다 될 듯싶지요?"

서방님 "지금 세상에 돈 가지고 안 되는 일이 어디 있니? 사람이 세상에 제일 귀하다고 하지만 사람보다 돈이 지금은 제일이란다. 우리 집에서 그 학생마마 데려 온 것 보지? 처음엔 어쩌니어쩌니 하더니 돈이 가기 시작하더니 기어코 오지 않았나."

파리 "무던하오. 돈 주고 첩을 사 와서……. 그렇지만 몸뚱이나 사 왔지 마음도 사 왔어요? 마음 없이

---

48) 글방에서 주인집 아이만을 가르치는 선생. 한 사람 또는 정해진 몇 사람의 공부를 혼자서 맡아 가르치는 선생.

억지로 돈의 세력에 끌려 온 것, 그게 목상(木像)⁴⁹⁾이나 다를 게 무언가요? 겉으로는 아무 말 없이 있어도 속으로는 원수같이 미워하는 것을 그래도 첩이라고 좋다고 집 장만, 세간 장만해 주고 돈이나 푹푹 디밀어 주지. 그 첩 그 돈 가지고 사이에서 호강하는 사람은 따로 있어요. 돈과 마음, 육신, 그래 어떤 게 나아요? 마음은 다른 데 있든지 말든지 육신만 잡아 매어 놓고 내것이라면 수인가요? 돈 많은 자의 마음보가 그러면 돈을 많이 들여 어여쁜 인형을 만들어 놓고 첩이라고 귀여워하지요. 그러면 얼굴이나 몸이나 마음에 꼭 맞는 미인을 만들 수도 있고, 자기를 원수같이 미워하지도 않을 터이고……."

서방님 "인형이 그래 사람 같은가?"

파리 "그렇게 마음 없는 것을 돈의 힘으로 끌어다 놓으면 인형만도 못하단 말이야요. 그렇게 돈만 아는 사람은 정말 사람다운 사람 노릇을 못해본

---

49) 나무 인형. 나무로 만든 불상, 신상, 인물의 형상 등의 조각.

단 말이야요. 공연히 집구석에 박혀 있어서 그런 꼴만 보고 배우지 말고 좀 공부를 해요. 무얼 아는 게 많아서 사람 노릇을 해 보아야지요. 밤낮 빚쟁이질이나 하여 빈민의 피나 긁고 첩이나 길러 싸움만붙일 터이요?"

서방님 "공부해 무엇하니? 이대로 있어도 이제 아버지만 돌아가시면 내가 자작인데……."

파리 "허허—. 자작이 병이로군. 그 작(爵)이 그렇게 좋소? 그 더러운 것이 기생방에나 가면 혹 떠받칠까. 지금 아무 자작이라고 어디 가서 내세워 보아요, 어떤 대접을 받나. 당신네 작이 무슨 그렇게 영광스러운 작이요. 모두 송두리째 ○○○ 먹은 공, 그 좋은 사업, 천추 만 대에 영구히 기념할 대훈업(大勳業), 그 명패(名牌)가 그렇게 부럽소. 또는 그것이 진정한 값있는 위(位)라고 합시다. 사회를 위하여 민중을 위하여 유공한 사업을 이룬 그런 영예로 하여 지은 작위라 합시다. 그렇다고 그 영위가 그 당자에게 있어서 귀하고 중한 것이지……. 이건 아버지의 영위를 잘났든 못났든 자식이 뒤를 잇는다, 자식은 그만한 공로가 있든 없든 아비의 자리를 차지한다, 그런 썩은 시대에 뒤진 그런 조직이 어디 있소? 여기 한 학교 아니 학교는 그만 두고라도, 한 글방이 있다고 합시다. 그 선생이 유명한 선생이므로 원근서 모여온 제자가 많았소. 그런데 그 선생이 죽은 뒤에 그 자제가 유식하거나 말거나 선생의 위를 잇겠소? 그래도 그 서당이 길게 가겠소? 안 될 말이지! 그와 다를 게 무엇이요? 현재 그런 못난 어리석은 불합리한 조직으로도 잘도 사람들은 살아가오. 그것이 저 하등 사회, 저급간에 있는 일도 아니고, 도리어 최고 계급, 한 민족의 중심 조직이 그러하면서도 싫단 말없이 불평도 없이 살아가니 딱 하지요. 그런 불합리한 짓을 태연히 하면서, 그래도 당신네가 최영(最靈)하지요? 유명한 선생이었다고 그 자식이 반드시 아비만큼 유명하란 법이 어디 있나, 또는 그 선생의 가족 외에도 더 유식한 자가 없으란 법이 어디 있나. 한 서당에서 못난 자식이 아비의 자리라고 선생의 위(位)에 앉는다고 하면 반드시 그 제자들이 다른 선생을 구해 갈 것이요. 그게 하필 서당뿐이겠소? 한 학교로도 그렇고 사회로도 그렇고 또는 한 나라로도 그럴 것이외다. 깬 사람이면 반드시 그럴 것입니다. 이렇게 미루어 가면 애비가 번 재산이 반드시 그 자식의 것이 된다 하는 지금의 재산 상속 제도를 불합리한 것이라고 할 수 있지요."

서방님 "듣기 싫다. 조그만 놈이 별 건방진 소리를 다하는구나."

파리 "그래도 욕심은 많아서……. 왜 노 대감을 독약이라도 먹이지. 그리고 하루라도 속히 귀족 행세를 해 보지. 일신의 영화를 위해서는 형제도 죽이고 상감도 약 먹이는 게 귀족의 으렛짓이지? 당신도 귀족이 되려면 지금부터 약 묘리(藥妙理[50])를 잘 배워 두어야지. 그래야 이 다음에

---

[50] 묘한 이치 또는 그 도리.

남처럼 후작까지나 해 볼 희망이 있지 않아요? 약 잘 쓸 줄 알고, 작은 땅이나 큰 땅이나 남에게 팔아먹기 잘 하고, 첩 둘 줄 알고, 수판질 잘 하고 그러면 귀족될 밑천은 넉넉하니까. 귀족이 되다 못되면 어릿광대가 되더라도……"

서방님 "요 빌어먹을 놈의 파리야, 그게 무슨 소리냐."

파리 "왜 내가 허튼 소리를 하는 줄 알아요? 대감은 지금도 모르고 있어도 서사가 다 안다고 요전에 이야기합디다. 당신 어머니가 데리고 있는 참모가 그러더라구."

서방님 "무엇 말이야……."

파리 "노 대감 외에 당신 원 아버지가 따로 있다고……."

서방님 "예끼 요 발칙한 놈 같으니."

하며 주먹으로 친다.

파리 "앗차차 얻어맞지도 아니 하고 나는 갑니다. 미

안하지만 아주 알려주는 것이니, 당신 원 아버진가 그가 지금도 광무대 마루를 면치 못하고 있는 줄이나 알아요……."

거짓말도 아닌데 화가 몹시 나는지 손에 들었던 회중 시계로 냅다 갈기더니, 헛되이 시계만 깨뜨렸다. 에번에는 이에 독신주의 김 여사에게로 갈까!

▶▶▶은파리, 『개벽(開闢)』 제8호, 1921년 2월 1일

파리와 마님의 대화

세상은 개화가 되어서 이제는 파리의 뒤에도 칼 찬 양반이 따른다. 벌써 은파리도 이제는 불령(不逞)51) 파리라는 견서(肩書)에 보호 순사 하나쯤은 늘이게 된 것 같다. 칼 찬 이의 천하인 세상에 아아 위험! 위험!……. 그렇지만 약속은 약속대로 이번엔 독신

---

51) 원한이나 불평불만을 품고 국가의 구속에서 벗어나 제 마음대로 행동함.

생활을 서양놈 정의 찾듯 방패로 내세우는 김 양에게로 갈란다. 이 김 양의 이야기를 들은 사람은 우선 그가 수많은 청년의 가슴을 태우는 미모의 소유자이고 서울 어느 여학교를 마치고 해외에까지 다녀온 신 여자인 것을 알아야 한다.

파리 "마님 혼자 계십니까? 아가씨는 어디 나들이 가셨어요?"

마님 "무슨 청년회라나, 예배당이라나 거기서 그애 보고 연설해 달라고 했다구. 그래서 거기 갔단다."

파리 "하하하, 큰아가씨 보고요? 연설을 해 달라구요? 무슨 연설을요."

마님 "무슨 연설인지 내야 아니, 제가 그러니까 그런가보다 하지……."

파리 "작은아가씨는 어디 갔습니까? 작은아가씨도 연설을 하러 갔습니까?"

마님 "그 앤 무슨 사무소라나 동대문 밖이라더라, 거기 사무 보러 갔지. 제가 안 가면 사무가 안 된다구 시간 늦지 말구 가야 한다더라."

파리 "큰아가씨는 연설을 하러 가구, 작은아가씨는
사무를 보러 가구 대단들 하십니다."

마님 "딸자식이라구 업신여길 것은 아니지. 그것들이
저렇게 졸업들을 해가지고 사회상에 출입을 하
니⋯⋯. 저희 아버지나 생존해 계셨다면 오죽이
나 좋아하실 것을⋯⋯. 그거 하나 섭섭하지."

파리 "아무렴요. 지금 세상에는 계집애라두 가르쳐야
지요. 그야 이를 말이겠습니까? 그렇지만 잘들
배우면 좋겠지만 공부합네 하고 돌아다니면서
이댁 아가씨들처럼 밤낮 없이 부랑자들 하고⋯⋯
아니올시다. 그런데 큰아가씨는 너무 과년하였
는데 혼인을 아니 하십니까?"

마님 "내야 아들도 없이 저희들만 믿고 사는데, 저희
들을 과년하도록 내버려둘 수 없어서 혼처를 구
하려고도 하고 벌써 시골 부자들이 몇 번이나
구혼을 하건마는 제가 안 간다는 걸 어떻게 하
니."

파리 "그래 아가씨 말만 듣고 그대로 처녀로 아니

그냥 그냥 내버려 두실터입니까?”

마님 “영 그냥 처녀로 늙겠다구 한단다. 암만 모녀간이라도 출가하면 외인인데, 홀로 계신 어머님을 버리고 갈 수도 없거니와 시부모와 남편과 있으면 사회상 사무도 많은데 그 일을 하나도 못하게 되겠으니까. 그냥 저 혼자 저대로 사회에 출입이나 하고 어머니를 떠나지 않고 산다고 한단다. 마음이 얼마나 기특하지.”

파리 “그래서 그 사회상 사무가 많아서 밤이 깊도록 쏘대기가 매일 매일이요, 출입하지 않는 날이면 찾아오는 신사가 많구요.”

마님 “그야 나도 처음에는 말리기도 하였지마는 구식으로 방구석에 들어 앉아서 바느질이나 하고 부엌에서 밥이나 짓고 하던 우리 따위 무식한 여자와 달라서 지금 신식 여자는 으레 누구든지 그렇다고 제가 그러더라. 사회상 사무도 많으니까 출입도 자연히 잦아지고 또는 의논하러 찾아오는 이들도 다 사회상의 유명한 양반들이라고 하더라. 그리고 그이들도 하시는 말씀이 지금 세상은 전과 달라서 여자들도 학문을 많이 배워 가지고 사내에게 지지않고 일을 한다고. 전에 미개했을 때에나 외간 남자를 보고 내외를 하고, 길에 나가도 장옷을 오그려 쓰고 다녔지만 지금은 안 그렇다고. 그리고 그렇게 사회상 출입을 하지 않고 방구석에만 박혀 있으려면 공부는 무엇하러 하겠느냐고 하더라. 공연히 모르는 사람이 이러니 저러니 하고 나쁜 소리들을 하지······."

파리 "딱도 합니다. 부모가 무식하여서 무슨 짓을 하든지 그저 신식 신식하고 믿으니까, 귀여운 딸을 그르치지요. 밤 출입하는 게 신식인가요. 집 구석에 붙어 있지 않고 돌아만 다니는 게 신식인가요? 에그 큰아가씨가 오십니다. 깡깡이 아니 사현금(四絃琴)52)을 들고······."

오늘도 부랑 청년 몇 사람이 대문 앞까지 따라왔으

---

52) 바이올린.

리라. 독신주의를 말하는 김 양이 어디 가서 무슨 연설을 하고 오는지 사현금을 들고 들어와 모친을 보고 인사나 하였는지, 그대로 자기 방으로 들어갔다.

……잠시 후……

파리 "아가씨, 어디 다녀오셨어요?"

김 "왜? 동무 집에 좀 갔다 왔다."

파리 "동무 집에 가서 연설을 하고 오십니까?"

김 "연설? 왜 내가 연설을 한다든? 오오 마님이 그러시든 게로구나. 내가 아까 나갈 적에 그렇게 여쭈었지. 연설하러 간다고, 부러……."

파리 "그러면 동무 집에 가서 무엇을 하셨어요? 독신주의 연설을 하셨습니까?

김 "아-니, 동무하고 황금정에 가서, 사진 박고 왔지. 따로 독사진을 하나씩 박고, 둘이 한데 하나 박이고."

파리 "그 많은 사진이 다 나갔습니까? 독사진을 또 박이게……. 또 누구하고 사진 결혼을 하십니까?"

김 "내가 언제 혼인한다더냐? 나는 독신 생활을 할
　　걸."

파리 "또 독신 생활이 나오는구만요. 대체 무슨 뜻으
　　로 독신 생활을 하십니까? 정말 효성스러운 마
　　음으로 어머님 한 분을 버려 두고 갈 수가 없어
　　서 그러십니까? 또는 개성을 너무 존중하는 극
　　단의 주의입니까?"

김 "……"

파리 "그렇지 않으면 어느 교리에 의한 신앙에 살기
　　위하여 독신으로 늙으시렵니까? 그렇습니까?
　　네 예수교입니까? 불교입니까? 네?"

김 "성가시다. 잔소리 마라."

파리 "뭐 잔소리예요? 아아, 각 교를 다 믿으시지요.
　　사월 파일이면 불교 교도이고, 크리스마스 날은
　　예수교 교도이고, 천주교에 사람 많이 뫼는 날은
　　천주교도……. 그렇지요. 그래도 아마 그 중에
　　불교가 제일 가깝지요? 이마적(요사이)은 밤중
　　에도 청량사(淸涼寺)에를 자주 나가니까요."

김 "왜 이렇게 음성을 높여 가지고 떠드니? 안방에

들리라고……."

파리 "그래두 불쌍한 과부 어머니는 끝까지 속이려고……. 무어 어느 청년회에서 연설을 해 달라고? 잘도 속이우. 사회상 사무가 많아서 처녀가 밤출입을 한다, 그게 무슨 사무요 사무가. 변해가는 세상일을 알지 못한다고 한 분 계신 노모를 신식 신식으로만 우겨대고 밤이면 연극장으로, 낮이면 길거리로 한들한들하며 돌아다니는 소위 그것이 당신의 사무요? 그 꼴에 독신 생활이란, 어째서 하는 소리요. 데려 가는 남자가 없어서 하는 소리요! 이상하는 바와 같은 인물이 없어서 하는 소리요! 집에 찾아오는 남자는 모두 유명한 양반이야? 어찌 안 그렇겠소.

청금록에 유명한 불량 청년들이지. 하루도 몇 놈씩 찾아와서 음악을 알립네, 무슨 회무를 의논합네 하고 노모를 속여 놓고 옆의 방 속에서 속살거리기, 밤이면 음악회에 출연을 합네, 연설을 합네 하고 속이고는 걸음을 같이하여 연극장에 가고. 그나 그뿐이요? 작은아가씨인가 그도 형만 못지 않은 소위 사회 사무가여서 남자 교제가 많고 용서치 못할…… 아니 그리고 서로 서로 자기의 일을 모친에게 고할까 겁하여 알고도 모르는 체하면서 때때로 얼굴을 마주치고는 부끄러운 웃음을 서로 바꾸지요. 그러노라니 형은 형의 방에서, 아우는 아우의 방에서 그리고도 사람이노라고, 그래도 신식 여자라고 ……. 죄 없는 노모는 그래도 가르친 덕으로 사회에 출입을 한다고 기뻐하고 앉았고, 딴은 결혼을 하여 일정한 남편이 있으면 그 좋은 수입 많은 영업 사무를 볼 수가 없고, 딴은 당신의 독신 생활이란 영업 발전상의 묘책이요.

아직 학교에 다니는 ×가 부모를 속이고 사다 준 저 풍금은 그 무엇을 의미하는 것이며 불량자로 유명한 ○이 도적질을 하다시피하여 사 보낸 당신의 금팔뚝시계는 무엇을 말하는 것이요. 이번 겨울에 생긴 망토, 그것도 공으로 거저 생긴 것은 아니지요? 그 모든 짓을 감추기 위하여 누가 당신의 정조를 의심할까 하여, 내세우는 방패가 그 독신 생활이지요.

당신의 소위 사회 사무가 발전될수록 교제가 많아진 지금, 도저히 한 사람을 남편으로 섬길 수 없기에 이르러서 나오는 소리가 독신 생활이지요."

김 "……"

파리 "왜 아무 대답이 없어요? 어머님 앞에서는 물 흐르듯 하는 당신의 구변이 왜 그리 없어졌습니까? 네? 아아 거룩한 독신자님! 혼인날 신랑이 세넷씩 달려들까 봐 독신 생활을 하게 된 독신주의자, 겉으로는 무한 깨끗한 독신주의자, 남 모르게 번민하는 독신 생활! 사회 사무를 위하여 자신을 희생하는 독신자, 노모를 위하여 자신을 희생하는 독신자, 당신 참 갸륵한 독신자……. 앗차차 이건 왜 이래요. 나를 잡으려고 얼빠진 불량자처럼 그렇게 당신 손에 얽혀 잡힐 줄 아오? 내 말이 거짓말이요? 당신이 진정한 독신주의자이면, 참으로 여자의 순결을 무덤에까지 가지고 갈 사람이면, 당신의 장 속에 일본서 사온 피임법이란 책이 왜 있어요. 으응 그래도 독신주의요? 피임법 알려는 독신주의자! 딴은 유명합니다. 아아……

▶▶▶은파리, 『개벽(開闢)』 제9호, 1921년 3월 1일

은(銀)파리의 결론편

뜻밖의 일로 수십 일이나 철창 속에 지내다가 나와서 몸도 피곤하지마는 제일 누구의 집에 찾아갈 겨를이 없다. 하는 수 없으니 이번에는 급한 대로 생각나는 대로 몇 마디 적어서 편집부에 대한 말막음이나 하련다.

자아 불령(不逞) 파리의 이 입으로 무슨 험담이 나오는가.

사람이란 거짓말을 잘 하는 짐승이다!

그러므로, 늘 속이기도 잘 하거니와 또 속기도 잘

한다. 인간 세계에서 권세 있는 놈, 영악한 놈이라거든 가장 거짓말 잘 하는 놈이라고 생각하여 두면 그리 과한 틀림은 없다. 거짓말 안 하고는 돈도 못 모으고 세력도 안 잡히니까…….

놈들은 서로 만나기만 하면 속이기를 시작한다. 그리고 헤어져서는 제각기 서로 속은 줄은 모르고 제각기 속였다고 기꺼워한다.

놈들이 말하는 소위 교제가, 그놈은 인간 중에도 제일 거짓말 잘 하는 놈이다. 아무래도 관계치 않다. 그저 닥치는 대로 속여라. 그러면 싫어도 그 놈은 교제가가 된다.

아무리 생각하여도 뱃속을 알 수 없는 놈들이다.

놈들은 자칭 만물 중에 최영(最靈)하다고 배를 튀긴다. 그렇지만 그 말을 믿다가는 낭패를 본다.

만물 중에 가장 우물(愚物)53)은 그놈들이다.

놈들은 가장 영리한 체하고, 다 같이 살기 위하여 사회라는 것을 만들어 놓았다. 그러나 손수 만들어

---

53) 아주 어리석은 사람.

놓은 그 사회란 것이 어떻게 잘 만들어져 자기네의 생명을 박해하건마는 놈들은 그것을 한 번 더 고쳐 만들 줄은 모른다.

놈들은 영리한 체하고, 공연한 법칙을 많이 만들었다. 그것이 오랜 세월을 지나는 동안에 어느 틈에 습관, 인습이 되어서 지금은 그것이 도리어 자기 몸이 속박되어 마음대로 헤어 나가지를 못하고 울고 있다.

만물 중에 가장 우물은 사람이란 놈들이다. 놈들이 최영하는 것은 역시 거짓말 잘하는 점밖에 보이지 않는다.

어디까지든지 거짓말로만 뻗어 나가려는 게 아마 놈들의 본성인가보다.

남을 속이고, 죄를 짓고, 또 그 죄를 덮으려고 죄를 거듭 짓고, 불행히 옥중에 들어가면 거기서 다른 여러 죄인과 만나서 탈나지 않게 잘 속일 일을 의논한다.

참말이다. 감옥은 죄수를 징벌하는 곳이 아니라, 실상 악도의 연구소이다.

도적질 배우는 대학이다.

누구나 죽을 때는 그 말이 선하다고, 놈들은 걸핏하

면 이런 말을 하지마는 그것도 거짓말이다. 힘대로 마음대로 악한 짓을 하고 나서, 그 악행이 폭로될까 겁나서 자살하는 자, 그런 어디까지든지 거짓말, 속임으로만 뻗어나가려는 자가 하나나 둘뿐이랴?

거짓말로 모은 재산을 또 자기의 죄적(罪迹)54)을 감추기에 쓰는 것이 재산가의 으레 하는 짓이다.

그런가 하면 빈한한 자도 그렇지……. 집에서는 아궁에 불을 못 때고, 배를 주리면서도 길에 나가면 중산모에 윤 흐르는 두루마기를 입고, 거기에 또 구두를 반짝이지. 교제니 뭐니 하고 때때로 인력거를 타시지…….

그러니까 너무도 야속하다고 아내가 바가지를 긁을 대로 긁겠다. 그런가 하고 보면 바가지를 긁던 그도 어디 나들이를 가려면, 자기 빈한한 줄을 친척이 다 알건마는 동리집 비단옷을 얻어 입고 가느니……, 더구나 맞지도 않는 반지를 억지로 빌려다가 헝겊을 감아 끼고 나서는 것은 무슨 심정인지 모를 일이다.

---

54) 죄를 저지른 증거가 될 만한 자취.

이런 이야기를 하면 놈들은 남의 일같이 웃겠다.

시치미를 떼고 웃고 있는 그 놈의 점잖은 꼴은 어떠냐.

중산모에 안경을 쓰고, 코 밑 수염에 위엄을 떨면서 이름이 교육가였다.

아무리 칠판 및 교단 위에서 수신 제가를 외어 들려도, 때때로 노상에서 술 취한 얼굴로 학생의 경례를 받는 자기 자신의 행동이 변하기 전에는 아무 효과가 없을 줄을 알아야 한다.

조금이나 약은 사람 같으면 자기에게 수신 강의를 받는 생도네가 자기의 처신을 어떻게 비평하는가를 더러는 알 것이다.

이런 일이 있다.

경성 어느 여학교 2년급에 다니는 열 살 먹은 소녀인데, 여름 방학 때 유행병이 심하니, 과물을 먹지 말라는 교사의 주의를 들을 뿐만 아니라, 학교에서 인쇄해 준 주의서까지 손에 들고 기탄없이 풋과일을 먹으므로 그 삼촌이 말리니까, 서슴지 않고 하는 소리가,

"무얼, 부러 과일 먹으면 병 앓는다고 그러지. 요전

번에도 선생님들은 사무실에서 참외와 능금을 한 목판을 사다 잡숫던데……."

어떤가? 입끝만의 강의, 교훈이 얼마만한 효과가 있는가. 그래도 수염만 만지며 호왈 교육가이지.

놈들의 속임 생활이란 한도가 없지. 자선가라는 그 중에도 험한 놈이 또 있겠다. 그런 놈은 얼굴 뻔뻔하고, 신수 멀쩡한 도적이겠다. 자선합네 하고 백원쯤 내고, 기실은 그 백 원보다도 몇십 백 배의 명예를 욕심하는 놈, 고아를 구제합네 하고 기실은 고아를 모아 직공으로 사용하면, 그 수입이 막대하리라는 수판질로 고아 구제를 떠드는 놈, 어떻게 우기면(고집하면), 그것이 구제가 아닌 것은 아니지마는 그 심정이 도적이 아니고 무어냐. 사람이란 이렇게 최영한 동물이다.

그러고도 오히려 회개하는 마음 없이 거짓으로 뻗으려고, 끝끝내 속이려고 흉계를 생각하는 중이 아니냐. 아직까지 발각되지 않은 것은 다행으로 알고 있지 않느냐. 그래도 여전히 수백의 신자에게 설교를 하지 않느냐.

결국 사람은 거짓말 잘 하는 동물이다.

속이기 잘 하고 속기 잘 하는 것이 사람이란 것이다.

세상 만물 중에 가장 우물인 것이 사람이란 것이다.

만일 거짓말로만 행세할 세상이면, 속이는 것만이 정의라는 세상 같으면 딴은 사람이란 짐승이 최영할 것이다. 아무래도 상관없다. 무엇이든지 거구로 된 세상이 있다거든 거기는 사람이란 짐승이 사는 것으로 알아 두면 틀림없다.

부지런히 일하는 놈은 빈한해지고 박해를 당하고, 편히 노는 놈은 점점 금고가 커지는 게 사람의 세상이다. 놈들이 사회 사회 하지만 원래 사회를 만든 그 원료의 반분인 여자를 거저 부리고, 거저 가두고, 거저 박대하는 게 사람이란 놈들의 세상이다.

아무려나 덮어 놓고 거짓말 잘 하는 놈은 성공하고 참말만 하고 거짓말 할 줄 모르는 바보들은 자꾸 밀려서 살 수 없게 되는 게 사람의 세상이다.

아무렇게나 거짓말 많이 해서 돈 모은 놈들이 제 마음대로 휘젓고 함부로 사람을 부려먹고 저희끼리만 태평가를 부르는 게 놈들의 세상이다.

착한 사람들이 부지런히 노동해서 모은 돈을 거짓 말로 속여서 **빼앗은** 것이 재산이다.

유산자가 무산자의 힘을 빌고, 그 상당한 보수를 주게 되기까지는 그 말이 **옳은** 말이다.

그렇지만 그 옳은 말을 하는 놈들은 곧 잡아다 가둔다. 이게 사람의 세상이다.

저기 큰 광산이 있다. 광부들이 새벽부터 밤까지 산굴 속으로 불을 켜 들고 들어가서 또 위로 향한 굴로 사다리를 밟으며 올라간다. 불만 꺼지면 지옥보다도 암흑하다. 앞을 더듬다가 몇백 길 되는 굴 밑에 떨어진다. 영영 시체도 찾지 못한다. 그러하므로 그 아내는 남편이 돌아오지 아니하면 죽은 줄 안다. 곧 개가한다. 이런 일이 드물지 아니하다. 얼마나 참혹한 일이냐.

광부는 늘 자기 목숨이 없는 셈치고 일한다. 그러나 그렇게 생명을 잃은 셈치고 버는 돈이 어디로 가느냐? 마르는 놈은 마를 뿐이고, 첩 끼고 누웠는 놈이 배가 불러 간다.

군인이 전쟁에를 나간다. 총창(銃槍)55)에 찔려서

자꾸 죽고, 그래도 피를 흘리며 고투하여 승전하였다. 그 곳을 점령하였다. 본국 영토가 되었다. 그러나 새로 얻은 그 땅에 회사를 세우고 땅을 사서, 자빠져 있던 부자는 편안히 재산만 늘고, 그 전쟁에 자식 잃은 노부(老父), 남편 잃은 과부, 또 다행히 죽지 않고 돌아온 자는 폐병(廢兵)으로 남아 길거리에서 구걸하되, 그의 피 흘린 공으로 거부(巨富)56)가 된 놈은 아는 체도 않는다. 도리어 박해한다.

이래도 가만히 있는 게 사람이다. 만물 중의 우물(愚物)은 사람이다. 사람은 최우(最愚)57)의 동물일 것이다.

▶▶▶『개벽(開闢)』 제10호, 1921년 4월 1일

---

55) 총과 창.
56) 큰 부자.
57) 가장 어리석음.

하나에 하나

1

창복이는 금년 삼월에 ×× 보통 학교를 졸업하고, ×× 고등 보통 학교에 입학하였습니다.

×× 고등 보통 학교라면, 서울서도 제일로 꼽는 학교일 뿐 아니라, 그 전부터 늘 다니고 싶고, 늘 소원하던 학교에 입학하였는지라, 창복이는 한없이 기쁘고 좋았습니다. 그러나 그렇게 기쁘고 좋은 중에도, 고등 보통 학교는 보통 학교보다는 훨씬 모든 것이 어렵고, 규칙이 몹시 엄격하다는 말을 듣던 터이라, 한편으로 두렵고 무서운 생각도 없지 않았습니다.

그래, 창복이는 기쁘고 두려운 생각에 가슴이 벌렁

거리는 것을 억지로 참고 학교로 갔습니다.

학교 마당에는 이번에 자기와 같이 새로 입학한 학생들이 군데군데 모여서 저희끼리 무엇인지 수군수군하고 있었습니다. 여덟 시 삼십 분부터 아홉 시까지 삼십 분 동안 호흡 체조가 끝나자, 첫시간은 산술이었습니다. 산술 같은 것은 보통 학교에서도 많이 해 보고 또 교과서를 보면, 보태기부터 시작한다니까, 창복이는 보태기 같은 것이야 만(萬)이고 억(億)이고 무섭지 않다고, 마음을 턱 놓고, 교실로 들어갔습니다. 보통 학교 같으면, 떠드는 동무가 꽤 많으련만, 고등 보통 학교라 그런지, 떠드는 동무가 하나도 없고 모두 그려 논 사람처럼, 가만히 고요히 앉아서 칠판만 쳐다보고 앉았습니다. 선생님이 들어왔습니다. 급장이 예를 불렀습니다.

선생님은 머리를 까딱하고 예를 받더니,

"너희들은 오늘부터 중학생이 되었으니까, 중학생답게 모든 것을 하지 않으면 안 된다."

하고, 간단히 훈계를 하고 나서, 그 작고 암팡진 몸집을 돌이키며 칠판에다가,

1+1

라고 써 놓았습니다. 그러더니,

"이 보태기를 아는 학생 손 들어 봐……."

하고 학생들을 내려다보았습니다. 학생들은 선생님이 너무도 신입 학생을 멸시하는 듯이 생각하였습니다. 1에 1을 보태며는, 2가 되는 줄이야 누가 모르겠습니까. 소학교 일 년생도 아는 것을……, 우리는 속으로 '생도들을 너무 바보로 취급하는구나.' 하고, 일제히 손을 들었습니다. 선생님은 출석부를 들치더니,

"김수남!"

하고, 수남이를 지명하였습니다. 뚱뚱하고 얼굴이 거무튀튀한 수남이는 우습다는 듯이 빙글빙글 웃으며 칠판 앞에 나가서, 댓바람에 '2'라고 써 놓고, 자리로 돌아왔습니다. 그러니까, 선생님은 다시,

"김수남!"

하고, 불러 일으키더니,

"1에 1을 보태면 2가 돼?"

하고, 다시 물었습니다. 학생들은 모두 웃었습니다. 선생님은 웃지도 않고, 가장 점잖은 태도로 학생들

을 두루두루 살피므로, 학생들은 얼른 웃음을 그치고, 교실은 다시 엄숙해졌습니다. 수남이는 벌떡 일어나서,

"1과 1이니까 2가 됩니다."

하였습니다. 선생님은,

"그러면, 왜 2가 되느냐 말야, 그 이유를 말하란 말이야."

하고, 재차 물었습니다. 수남이는,

"옛적부터 그렇게 작정해 오기 때문입니다."

하고, 대답하였습니다. 그러니까, 선생님은 또,

"그러면 왜 옛적부터 그렇게 작정해 왔나?"

하고, 물었습니다. 그래 수남이는,

"1과 1이니까, 그렇게 작정해 왔습니다."

하고, 갑갑하다는 듯이 머리를 긁었습니다.

"같은 말을 자꾸하면 안 돼!"

하고, 선생님은 웃었습니다. 학생들도 따라서 웃었습니다. 선생님은 갑자기 다시 점잖은 얼굴로,

"수남이는 그만 자리에 앉아!"

하고, 다른 학생에게,

"1에 1을 보태면, 왜 2가 되는지, 아는 사람은 손 들어 봐!"

하고, 물었습니다. 그러나 학생들은 서로 얼굴만 쳐다볼 뿐이지 손 드는 사람은 하나도 없었습니다. 창복이도 그 뜻을 몰랐습니다. 그리고 보통 학교에서는 그저 1에 1을 더하면 2가 되는 줄만 알았지, 왜 2가 되느냐는 그 이유는 배우지도 않고, 말도 없었던 것입니다. 고등 보통 학교에 오니까, 별거북한 이론이 다 많구나 하고, 좀 무서운 생각이 났습니다. 그러자 한 학생이 손을 들고, 벌떡 일어났습니다. 그는 익살맞게 생긴 윤복돌이란 학생이었습니다.

"선생님, 2에서 1을 감하면(빼면) 1이지요? 그러니까, 1에다 1을 가하면(보태면) 2가 되지요!"

"그러면, 왜 2에서 1을 감하면, 1이 남느냐 말야?"

하고, 선생님은 또 물었습니다.

"그것은 1에다 1을 가하면, 2가 되는 까닭으로요!"

하고 대답하니까,

"그러면 글쎄, 왜 1에 1을 가하면 2가 되느냐 말야?"

"글쎄, 그것은 2에서 1을 감하면, 1이 남으니까, 그렇다니까요."

하고, 복돌이는 성가시다는 듯이 불쾌하게 대답하였습니다. 선생님도 성가시다는 듯이,

"그것은 밤낮 마찬가지 말이 아니냐. 1에 1을 가하면, 왜 2가 되는지, 그래 아는 사람이 없어?"

하고, 일반에게 다시 물었습니다. 복돌이도 머리를 긁으며, 제자리에 앉았습니다. 학생들은 모두 눈만 멀뚱멀뚱 하고 앉아서, 대답을 못하였습니다.

2

선생님은 다시,

"그러면, 1이라는 것은 무엇인지 아는 학생은 손을 들어 봐!"

하였습니다. 복돌이는 즉시 손을 들고 일어서서,

"글자옵시다."

하고, 대답하였습니다. 그러니까, 선생님은 칠판에

써 놓은 글자를 북북 지워버리고 나더니,

"자아, 이렇게 지워도 1이라는 것이 글자일까?"

하셨습니다. 복돌이는 또 해죽 웃고 일어나더니,

"그러면 말이올시다."

하니까, 선생님은,

"그러면, 말 하나에 말 하나를 보태면, 말이 둘—2가 되겠니?"

하고, 빙긋 웃었습니다. 복돌이는 얼른,

"그렇지요."

하고, 앉으니까, 선생님도 우스워서 못 견디겠다는 듯이 손으로 입을 가리고 한참 웃더니, 억지로 참고 나서,

"지금은 국어 시간이 아니야, 수학 시간이야. 말 배우는 시간은 따로 있다 있어……."

하셨습니다. 그러자, 수남이가 일어서더니,

"1은 수올시다."

하였습니다. 선생님은 또,

"그러면 수라는 것은 무엇이냐?"

하고 되물었습니다.

"하나, 둘, 셋 하고, 세는 것이올시다."

"그러면 센다는 것은 무엇이냐?"

"모르겠습니다."

하고, 수남이는 펄썩 주저앉았습니다. 학생들은 웃었습니다. 그러나, 픽도 괴로웠습니다. 창복이도 괴롭고 답답하였습니다. 만일,

"나에게 물으면 무어라 대답하노?"

하고, 창복이는 크게 염려하고 있는데, 선생님은 다시,

"그러면 1이라는 물건이 세상에 있는 것이냐, 없는 것이냐? 있다고 생각하는 사람은 손을 들어 보아라!"

하였습니다. 그러자, 복돌이가 또 벌떡 일어서더니,

"있습니다."

하고, 대답하였습니다. 선생님은,

"어디 있노?"

"1이니까 있습니다. 무엇이든지 1은 1입니다."

선생님은 또,

"그러면, 무엇이든지 1이면 1이란 말이지, 연필 하나면 연필 하나, 사람 하나면 사람 하나, 만두 하나라면 만두 하나, 1은 1이지. 그래, 그럼 그 이유로 그를

둘로 쪼개면 콤마(.) 5가 되지! 그렇지만, 만일 사람 하나를 둘로 쪼개면 죽어 없어져서 콤마도 못 되지 않니? 자아 그러면 1이라고 하는 것이 이 세상에 없다고 생각하는 사람은 손을 들어 봐!"

하였습니다. 그러니까 이번에는 바늘 꼬챙이같이 **빼빼** 마른 팔팔이란 학생이 냉큼 일어나더니,

"없다고 생각합니다. 세상에 있는 물건은 무엇이든지 하나이던지, 한 장이라던가, 한 자루라 하는데, 1이라는 것은 그것을 약해서 말하는 것입니다."

하고, 대답하였습니다. 선생님은 또 빙글빙글 웃으시며,

"한 자루 한 장을 약한 것이 1이란 것이지……. 펵 꾀 있는 대답이로구나. 그러면 이것을 무엇을 약한 것이냐?"

하고, 선생님은 칠판에다 금 일(金一)이라고 써 놓고,

"그러면, 이것은 금 일 원(金一圓)을 약한 것이냐? 금 일 전(金一錢)을 약한 것이냐?"

하고, 물었습니다. 팔팔이도 그만 머리를 북북 긁고 주저앉았습니다. 학생들은 모두 웃었습니다. 그러나,

선생님은 가장 엄격한 태도로,

"그래 1이란 것이 세상 가운데 있는 것인지 말할 사람이 없어?"

하고, 재차 물었으나, 대답하는 학생이 없었습니다.

3

선생님은 교단 복판에 가서 딱 버티고 서더니,

"그러면 내가 말하지."

하고, 기침을 한 번 칵 하며, 말끝을 꺼냈습니다.

"1이라고 하는 것은 분명히 세상에 있는 것이다. 그러나 그것은 글자도 아니고 말도 아니고, 따라서, 보이지도 않는 것이다. 다만, 사람 머리 가운데 있는 것인데, 그 생각을 조선 사람은 하나라고 하고, 일본 사람은 이찌라고 하고, 영국 사람은 원이라고 하고, 중국 사람은 이라고 하고, 독일 사람은 아인이라고 하고, 러시아 사람은 아징이라 하여, 말로 나타내며 글로 나타낼 뿐인데 사람은 누구나 천치가 아니고,

미치광이가 아닌 이상, 아무리 야만인이라도 그 머리 가운데 1이라고 하는 수의 관념(생각)이 들어 있는 것이다. 1뿐 아니라, 2든지 3이든지, 그것이 다 머리 가운데 있는 것이다.

이것을 수의 관념이라고 한다.

그러면 왜 1에 1을 가하면, 2가 되느냐 하면, 이것은 애초부터 1에 1을 가하면, 2가 된 것이 아니라, 사람들의 생각과 마음으로, 그것을 2로 만든 것이다. 옛적 몇만 년 옛적 사람이 이 지구에 생겼을 때부터 약속하기에, '1에 1을 가하면 2가 된다.' 하기로 한 것이다.

이 곳 저 곳 사람들의 약속이다. 그리하여 조선 사람은 둘이라고 하고, 영국 사람은 투라고 하고 일본 사람은 후다스라고 하고, 중국 사람은 얼이라고 하고, 러시아 사람은 와라고 하고, 독일 사람은 츠와이라고, 말로 글로 표시해 온 것이다. 2라고 하는 것도 사람의 머리 가운데 있는 수의 관념인데, 1에 1을 보태면 2가 된다는 약속을 '공리'라 하는 것이다. 만일 1에 1을 보태면, 3이라고 하면, 이는 사람들의 약

속을 깨뜨리는 반역자라 하여, 용서치 않을 것이다. 그러므로, 아주 어긋나는 틀린 산수를 하는 사람은 사람의 공리를 깨뜨리는 죄인이 될 것이다.”

하고, 말씀하였습니다.

선생님 말이 끝나자 하학종 치는 소리가 땡땡 울렸습니다. 선생님은 예절을 받으며, 출석부를 가지고 나가셨습니다.

우리도 운동장으로 밀려 나가,

“중학교 산수는 뻥뻥한걸!”

하고, 떠들었습니다.

▶▶▶몽견초, 『어린이』 5권 4호, 1927년 4월

큰글한국문학선집
: 방정환 작품선집

2. 동요

가을밤[58]

착한 아가 잠 잘 자는
베갯머리에
어머님이 혼자 앉아
꿰메어도 꿰매어도
밤은 안 깊어.

기러기 떼 날아간 뒤
잠든 하늘에
둥근 달님 혼자 떠서

---

[58] 윤석중의 「한국 동요 문학 소사」(『예술논문집』, 대한민국예술원, 1990)에서
「가을밤」(『어린이』 2권 6호, 1924.9)은 사이죠 야소(西條八十)의 작품을
번역한 것이라 밝히고 있다.

젖은 얼굴로
비치어도 비치어도
밤은 안 깊어.

지나가던 소낙비가
적신 하늘에
집을 잃은 부엉이가
혼자 앉아서
부엉부엉 울으니까
밤이 깊었네.

귀뚜라미

귀뚜라미 귀뚜르
가느단 소리,
달님도 추워서
파랗습니다.

울 밑에 과꽃이
네 밤만 자면
눈 오는 겨울이 찾아온다고…….

귀뚜라미 귀뚜르
가느단 소리,
뜰 앞에 오동잎이

떨어집니다.

▶▶▶CW 생, 『어린이』 2권 8호, 1924년 10월

눈

하늘에서 오는 눈은
어머님 편지.
그리웁던 사정이
한이 없어서
아빠 문안
누나 안부
눈물의 소식
길고 길고 한이 없이 기다랍니다.

겨울 밤에 오는 눈은
어머님 소식.
혼자 누운 들창이

바삭바삭

잘 자느냐

잘 크느냐

묻는 소리에

잠 못 자고 내다보면

눈물납니다.

▶▶▶『어린이』 8권 7호, 1930년 9월호 신추 특집호

늙은 잠자리

수수나무 마나님
좋은 마나님
오늘 저녁 하루만
재워 주셔요.
아니 아니 안 돼요.
무서워서요.
당신 눈이 무서워
못 재웁니다.

잠 잘 곳이 없어서
늙은 잠자리
바지랑대 갈퀴에

혼자 앉아서
추운 바람 서러워
한숨 짓는데
감나무 마른 잎이
떨어집니다.

▶▶▶『어린이』 7권 8호, 1929년 10월

산길

"여기가 어디 가는 산길입니까?"
"어머니 머리 위의 가리맙니다."

"잠깐만 이리로 가게 하셔요."
"일 없는 사람은 못 보냅니다."

"각시 태운 마차를 끌고 가셔요."
"어디서 어디까지 갈 터입니까?"
"눈썹에서 쪽 위까지 갈 터입니다."

"얼른 가쇼, 속히 가쇼, 넌지시 가쇼."
"가기는 가지마는 오진 못해요."

"어머님의 낮잠이 깨시니까요."

▶▶▶잔물, 『어린이』 4권 8호, 1926년 8·9월

어린이의 노래

하루 일을 마치고 집에 돌아와
저녁 먹고 대문 닫힐 때가 되며는,
사다리 짊어지고 성냥을 들고
집집의 장명등에 불을 켜 놓고
달음질하여 가는 사람이 있소.

은행가로 이름난 우리 아버진
재주껏 마음대로 돈을 모으겠지.
언니는 바라는 문학가 되고
누나는 음악가로 성공하겠지.

아— 나는 이담에 크게 자라서

내 일을 내 맘으로 정하게 되거든,
그-렇다. 이 몸은 저이와 같이
거리에서 거리로 돌아다니며
집집의 장명등에 불을 켜리라.

그리고 아무리 구차한 집도
밝도록 환-하게 불 켜 주리라.
그리하면 거리가 더 밝아져서
모두가 다-같이 행복되리라.

거리에서 거리로 끝을 이어서
점점점 산 속으로 들어가면서
적막한 빈촌에도 불 켜 주리라.
그리하면 이 세상이 더욱 밝겠지.

여보시오, 거기 가는 불 켜는 이여!
고달픈 그 길을 설워 마시오.
외로이 가시는 불 켜는 이여!
이 몸은 당신의 동무입니다.

▶▶▶『어린이』 6권 5호, 1928년 1월

여름비[59]

여름에

오는 비는

나쁜 비야요.

굵다란 은젓가락

내리던져서

내가 만든

꽃밭을

허문답니다.

---

[59] 방정환의 창작동요라고 알고 있는 「여름비」는 번역동요다. 『어린이』에는
방정환이 흔히 쓰던 다른 이름 '잔물'로 되어 있으나 정순철 동요집 『갈잎피리』
에 번역으로 나와 있다. 윤석중이 쓴 「한국 동요 문학 소사」(『예술논문집』,
대한민국 예술원, 1990)에도 「여름비」는 일본 시인 샤이죠 야소(西條八十)의
작품을 방정환이 번역한 것이라 밝히고 있다.

여름에

오는 비는

엉큼하여요.

하-얀 비단실을

슬슬 내려서,

연못의

금잉어를

낚는답니다.

▶▶▶잔물, 『어린이』 4권 7호, 1926년 7월

영흥60)을 지나면셔

일음도 모르난 먼 山머리에
지려는 夕陽이 방그레 웃난듸
쓸〻한 山턱의 빗탈진 밧골에
삭갓 밋 호믜가 의로이 밧브고

咸興은 아즉도 멀엇다 하난듸
이제는 밤이다 말하난 듯이
열나흘 큰 달이 夕陽을 뒤쏫고
덜 속에 한 줄기 煙氣가 오른다

▶▶▶月桂, 『신여자』 4호, 1920년 6월

---

60) 永興.

형제61)별62)

날 저무는 하늘에

별이 삼형제

반짝반짝

정답게 지내더니,

웬일인지 별 하나

보이지 않고,

---

61) 兄弟.

62) 『소파 방정환 전집』(하안출판사)에는 창작동요라고 소개하고 있으나 번역동
 동요이다. 정인섭이 엮은 『색동회 어린이 운동사』(학원사), 43~44쪽을 보면
 일본 동요임을 볼 수 있다. 이 노래는 나까가와(中川)라는 일본 사람이 작곡한
 일본 노래였다. 그러나 그 구슬픈 곡조가 나라를 잃은 우리에게 딱 어울리는
 것만 같다.

남은 별이 둘이서

눈물 흘린다.

▶▶▶『어린이』 1권 8호, 1923년 9월

방정환

(方定煥, 1899.11.09~1931.07.23)

어린이의 영원한 벗이자 독립운동가.

어린이운동의 창시자이자 선구자.

호는 소파(小波). 서울 출신. 아버지는 방경수(方慶洙)이다.

1899년 11월 9일(음력 10월 7일) 서울 야주개[63] 출생

1905년 보성소학교 교장 김중환(金重煥)의 눈에 띄어 머리를 깎고
    보성소학교 유치반 입학

1908년 소년입지회 활동[64]

---

63) 지금의 당주동.

64) 방정환 일생 최초의 조직 활동으로 의미를 갖는 소년입지회는 일종의 토론회로
서 8~9명의 회원으로 조직되었다. 소년입지회는 점차 규모가 커져서 1910년
에는 회원수가 160여 명으로 증가하였다. 방정환은 이 소년입지회의 총대장

1909년 사직동에 위치한 매동보통학교 입학

1910년 10월 미동보통학교 2학년으로 전학

1913년 3월 미동보통학교 졸업

1913년 선린상업학교 입학, 이듬해 가정 사정으로 중퇴[65]

1917년 손병희(孫秉熙)의 딸 손용화(孫溶嬅)와 결혼

1917년 청년운동단체 '청년구락부(靑年俱樂部)' 조직 및 활동

1918년 보성전문학교에 입학

1918년 7월 7일 이중각과 함께 경성청년구락부를 발기 조직[66]

1919년 3·1운동이 일어나자 독립선언문을 배포하다가 일본 경찰에

으로서 훈련원에서 대운동회를 개최하거나 대한문에서 경축행사를 가진 일, 장충단으로의 소풍, 성북동에서의 밤줍기 등 다양한 활동을 전개하였다.

65) 1913년 선린상업학교에 입학하였으나 적성에 맞지 않아 독서에 주력했다. 14살 때인 1914년을 전후로 최남선이 발간한 『소년』, 『붉은저고리』, 『새별』 등을 탐독하였고 졸업을 1년 앞 둔 시기 선린상업학교를 중퇴하였다.

66) 회장 이복원(李復遠), 부회장 이중각(李重珏)을 선출하고, 문예부, 체육부, 음악부를 두었다. 경성청년구락부는 방정환이 소년입지회의 활동의 연장선에서 조직된 것으로 소년입지회를 졸업할 정도의 나이인 14세부터의 청소년들로 경성청년구락부를 조직한 것으로 확인되는데, 유광렬은 이 경성청년구락부가 1918년 무렵 회원이 200여 명에 달했다고 증언하였다. 이로 보아 방정환은 소년운동단체를 청소년운동단체로까지 확장하여 지속적으로 운동을 전개하였던 것을 알 수 있다. 경성청년구락부는 음악회 개최, 연극 공연, 회원의 친목을 도모하는 모임 등 계몽활동을 주로 전개하는 한편 기관지 성격을 갖는 잡지 『신청년』을 발간하였다. 이러한 경성청년구락부의 활동은 1920년대 초 우리 실력양성운동의 흐름과 일치한다.

체포되어 고문을 받고 1주일 만에 석방

1920년 일본 유학을 떠나 야나기 무네요시(柳宗悅)가 교수로 재직 중이던 도요대학(東洋大學)에 입학하였으나 학업보다는 천도교 활동[67]에 치중하여 졸업하지 못하고 귀국

1920년 「어린이 노래」(『개벽』 제3호) 번역소개[68]

---

[67] 방정환의 민족운동은 천도교를 바탕으로 전개된다. 소년입지회와 경성청년구락부는 물론이고 천도교소년회와 천도교청년회 활동 역시 마찬가지다. 3.1운동을 주도적으로 지도한 천도교는 3.1운동 이후의 제반 어려움을 타개하기 위해 문화통치를 선언한 일제의 지배정책을 이용하고자 하였다. 그리하여 신지식을 수용한 천도교의 젊은 지도층을 중심으로 1919년 9월 2일 경성에서 이돈화, 정도준, 박래홍, 박달성 등이 천도교청년교리강연부(이하 교리강연부)를 조직하였으며, 방정환은 박래홍, 손재기, 이돈화, 황경주, 최혁, 박용회와 함께 간의원으로 선출되어 교리강연부의 지도부 일원으로 활동하였다. 교리강연부는 1920년 4월에는 보다 구체적이면서 적극적으로 운동을 전개하기 위해 천도교청년회라 개칭하였다. 천도교청년회는 1920년 6월에는 개벽사를 설립하여 이돈화, 박달성 등이 중심이 되어 월간지 『개벽』을 발간하였다. 방정환도 『개벽』의 기자로 활동하였다. 1921년 일본 유학을 위해 동경에 도착한 방정환은 천도교청년회 동경지회의 설립을 추진하였다. 동경지회는 1921년 1월 10일 발기인 대표 방정환을 비롯하여 김상근, 이기정, 정중섭, 박달성 등이 발기한 후 1월 16일 오후 1시 조도전(早稻田) 학권정(鶴券町) 302호 대선관(大扇舘)에 모이라고 광고하였다. 여기에는 방정환, 김상근, 이기정, 정중섭, 이태운, 박춘섭, 김광현, 박달성 등 10여 명이 모였고, 5~6명은 참석하지는 못하였으나 주소와 성명을 통지하였다.

[68] 방정환은 「어린이 노래」에서 어린이라는 용어를 처음으로 사용하였다. '어린이'라는 용어를 '늙은이', '젊은이'라는 용어와 대등한 의미로 사용하기 위해 만들었다고 하였다. 이는 어린이를 비하하거나 낮추어 지칭하는 것이 아니라 존중하여 부르자는 의미라 생각된다.

1921년 4월 5일 천도교청년회 동경지회 발회식 개최[69]

1921년 11월 10일 태평양회의를 계기로 독립운동을 전개하려 했다는 혐의로 조선총독부 경찰에 체포됨

1922년 5월 1일 처음으로 '어린이의 날'을 제정

1923년 3월 16일 동경 센다가야 온덴(千駄谷穩田) 101번지 방정환의 하숙집에서 강영호·손진태·고한승·정순철·조준기·진장섭·정병기 등과 함께 어린이문화단체인 색동회 조직

1923년 3월 20일 국내 최초 어린이 잡지 『어린이』[70] 창간

1923년 4월 17일 40여 개의 소년운동단체와 함께 조선소년운동협회 조직[71]

1923년 5월 1일 '어린이날' 기념식 거행하고 '어린이날의 약속'이라는 전단 12만장 배포

---

69) 1921년 4월 5일 수운 최제우가 동학을 창도한 것을 기념하는 천일기념식을 올리고 오후 3시부터 소석천정(小石川町) 차고 앞에 있는 보정(寶亭) 2층에서 천도교청년회 동경지회 발회식이 개최되었다. 보정의 문기둥에는 궁을기가 내걸리고 정면에는 '천도교청년회동경지회발회식'이라고 하는 간판이 걸렸다. 회장 방정환의 개회사에 뒤이어 내빈으로는 학우회 회장 김종필, 동우회 회장 김봉익, 동아일보 특파원 민태원, 매일신보 특파원 홍승서, 각 대학 동창회 대표, 여자흥학회 회장 유영준, 그리고 10여 명의 축사가 있었다.
70) 이 잡지는 월간으로서 일본 동경에서 편집하고 서울 개벽사(開闢社)에서 발행을 대행하였다.
71) 조선소년운동협회는 어린이날을 주관하였다.

1925년 3월 20일~30일 『어린이』[72] 창간 2주년 기념 '소년소녀대회' 개최[73]

1925년 제3회 어린이날 기념 동화구연대회(童話口演大會) 개최

1927년 10월 16일 조선소년연합회 조직[74]

1928년 세계 20여 개 나라의 어린이가 참가하는 '세계아동예술전람회' 개최

1931년 7월 23일 신장염과 고혈압으로 만 31세의 나이로 타계

1957년 소파상(小波賞) 제정

1971년 40주기 기념 서울 남산공원 동상 건립[75]

---

72) 창간 이후 『어린이』는 독자가 급증하여 1925년 신년호의 경우 발간 7일 만에 매진되어 3판까지 발행하였다. 이와 같이 3판까지 인쇄하는 것은 우리나라에서는 『개벽』 이후 처음이었다고 한다.
방정환은 1925년 8월에 발간된 『어린이』 31호부터 1931년 2월에 발간된 82호까지 『어린이』의 편집과 발행을 담당하였다. 방정환이 병으로 눕고 사망하기 전까지 『어린이』의 편집과 발행을 담당했다는 것을 알 수 있다.

73) 서울을 비롯한 대구, 마산, 부산, 김천, 인천 등지에서 '소년소녀대회'를 열었을 때 그 선전포스터에 '방정환씨 출장 참석합니다.'라는 문구를 삽입하는 것만으로 대단한 광고 효과를 얻었다고 한다. 또 방정환이 천도교당에서 동화회를 열 때 입장권을 1,000매 발행했으나 늘 2,000여 명씩 와서 많은 사람들이 돌아가는 사태가 발생할 정도로 방정환의 동화회는 각지에서 크게 환영을 받았다고 한다.

74) 민족유일당운동이 전개되는 과정에서 방정환을 위원장으로 한 조선소년연합회가 조직되었다.

1978년 금관문화훈장 수여

1980년 건국포장 수여

1983년 5월 5일 망우리 묘소에 이재철이 비문을 새긴 '소파 방정환 선생의 비'가 건립

1987년 7월 14일 독립기념관에 방정환이 쓴 '어른들에게 드리는 글'을 새긴 어록비 건립

1990년 건국훈장 애국장 추서

생전에 발간된 책은 『사랑의 선물』(개벽사, 1922)이 있고, 그밖에 사후에 발간된 『소파전집』(박문출판사, 1940), 『소파동화독본』(조선아동문화협회, 1947), 『방정환아동문학독본』(을유문화사, 1962), 『칠칠단의 비밀』(글벗집, 1962), 『동생을 찾으러』(글벗집, 1962), 『소파아동문학전집』(문천사, 1974)… 등이 있다.

---

75) 1987년 5월 3일 서울어린이대공원 야외음악당으로 이전되었다.

최초의 본격적인 아동문학운동 매체 『어린이』

: 1923~1934, 1948~1949

『어린이』는 1923년 3월 20일자로 창간된 아동잡지이며, 아동문학가요 어린이 운동의 선구자인 소파 방정환이 주재하였다. 창간호는 별쇄(別刷)한 표지도 없고 목차도 없이 알맹이만 B5판(4×6배판) 12면으로 엮어 푸른 잉크로 찍어 냈다. 흔히 『어린이』의 발행인은 방정환으로 알려져 있으나, 창간호에는 간기(刊記)가 없다. 제2호의 판권장을 보면 발행인 김옥빈(金玉斌), 인쇄인 정기현(丁基賢), 인쇄소 대동(大東)인쇄(주), 발행소 개벽사(서울·경운동 88), 정가 5전이다. 제8호부터는 표지에다 '소년소녀잡지'라고 인쇄되어 있다.

발행인 김옥빈은 천도교 청년운동의 핵심 인물 중의 한 사람이다. 소파 방정환의 나이는 24세, 창간호부터 발행인으로 나서지 않고 편집 실무를 주재하였다. 방정환은 제31호(1925.9)부터 발행인이 되었다. 1934년 7월호까지 통권 122호를 발행하였다. 뒤를 이어 1948년 5월호로 복간되어 1949년 12월호까지 15호를 더하여 총 137호가 발행되었다.

아동문학잡지는 방정환이 등장하기 이전에도 『아이들보이』(1913.9~1914.8, 통권 12호, 육당), 『붉은져고리』(1913.1~1913.7, 통권 12

호, 김여제), 『새별』(1913.9~1915.1.1 제16호, 춘원) 등 아동문학 잡지가 없었다고는 볼 수 없다. 그러나 그 대중적 기반과 발행 기간을 고려할 때 『어린이』(1923.3~1934.2, 통권 117호)를 최초의 본격적인 '아동문학운동'의 매체로 보아도 무방하다.

소파 방정환 작품연보

필명	제목	발표지	발표연대	갈래
方雲庭	少年御字	청춘 11호	1917.11	수필
ㅅㅎ생	바람	청춘 12호	1918.03	시
ㅅㅎ생	自然의 敎訓	청춘 13호	1918.04	수필
ㅅㅎ생	牛乳配達夫	청춘 13호	1918.04	소설
方定煥	故友	청춘 14호	1918.06	소설
方定煥	觀花	청춘 15호	1918.09	수필
上소(방정환)	봄	청춘 15호	1918.09	시
方定煥	天國	청춘 15호	1918.09	수필
小波生	시냇가	청춘 15호	1918.09	시(?)
小波生	牛耳洞의 晩秋	천도교회 월보 98호	1918.10	수필
小波生	現代靑年에게 묻하는 修養論	유심 3호	1918.12	논
ㅈㅎ生	苦學生	유심 3호	1918.12	소설
ㅈㅎ生	마음	유심 3호	1918.12	시
방정환	○○령(동원령)	연극공연	1918.12	희곡(연극공연)
小波生	闇夜	신청년 1호	1919.01	시
SP生	東京K兄에게	신청년 1호	1919.01	수필
小波生	金時計	신청년 1호	1919.01	소설
京城 雲庭生	電車의 一分時	신청년 1호	1919.01	수필
覆面鬼	의문의 死	녹성 1호	1919.11	번역소설
무기명	아루다쓰(일명 모르간)	녹성 1호	1919.11	번역소설
SP生	사랑의 무덤	신청년 2호	1919.12	소설

필명	제목	발표지	발표연대	갈래
雲庭生	사랑하난 아우	신청년 2호	1919.12	시
잔물	卒業의 日	신청년 2호	1919.12	소설
一記者	유고 出世譚	신청년 2호	1919.12	소개
무기명	(권두언)	신여자 1호	1920.03.10	창간사
勿忘草	處女의 가는 길	신여자 1호	1920.03.10	소설
雜誌『新靑年』으로부터	〈新女子〉 누의님에게	신여자 1호	1920.03.10	시
月桂	犧牲된 處女	신여자 1호	1920.03.10	소설
잔물	나의 詩	천도교회 월보 116호	1920.04	시
小波	愛의 復活	천도교회 월보 117호	1920.05	소설
月桂	쏫 이야기	신여자 3호	1920.05.25	전설
잔물	新生의 선물	개벽 1호	1920.06	번역시
牧星	流帆	개벽 1호	1920.06	소설
잔물	어머님	개벽 1호	1920.06	번역시
月桂	永興을 지나면셔	신여자 4호	1920.06.20	시
잔물	元山 갈마半島에서	개벽 2호	1920.07	시
무기명	참된 同情	신청년 3호	1920.08	번역동화
雲庭 譯	貴여운 犧牲	신청년 3호	1920.08	번역동화
잔물	어린이 노래-불켜는 이	개벽 3호	1920.08	번역시
一記者	伊太利大文豪 싸눈초의 紹介	신청년 3호	1920.08	소개
잔물	불상한 生活	신청년 3호	1920.08	수필
方定煥 談	學生講演團歸還	동아일보	1920.08.09	인터뷰
小波	秋窓隨筆	개벽 4호	1920.09	수필
覆面冠	두소박덕이	동아일보	1920.09.17 ~09.23(6회)	소설
覆面冠	光武臺	동아일보	1920.09.23 ~09.25(3회)	논
在江戶 잔물	望鄕	개벽 5호	1920.11	시
牧星	크리스마스	조선일보	1920.12.27	시
牧星	그날밤	개벽 6호~8호	1920.12~ 1921.02(3회)	소설
에쓰피生	달밤에 故國을 그리우며	개벽 7호	1921.01	수필
牧星 記	銀파리(1회)	개벽 7호	1921.01	풍자만필
小波	敎友 쏘 한 사람을 맛고	천도교회 월보 126호	1921.02	수필
목성 記	銀파리(2회)	개벽 8호	1921.02	풍자만필
SP	(무제목)	개벽 8호	1921.02	풍자만화 (諷刺漫畵)

필명	제목	발표지	발표연대	갈래
牧星	童話를쓰기 前에 어린이 기르는 父兄과 敎師에게	천도교회 월보 126호	1921.02	논
(牧星)	왕자와 제비(王子와 燕)	천도교회 월보 126호	1921.02	번안동화
목성 記	銀파리(3회)	개벽 9호	1921.03	풍자만필
목성 記	銀파리(4회)	개벽 10호	1921.04	풍자만필
牧星	새여가는 길	개벽 10호	1921.04	번역
牧星	리약이, 두조각-귀먹은 집오리, 싸치의 옷	천도교회 월보 129호	1921.05	번역/재화(?)
목성 記	銀파리(5회)	개벽 12호	1921.06	풍자만필
목성 記	銀파리(6회)	개벽 13호	1921.07	풍자만필
小波生	貧富論	낙원 1호	1921.07	논
방정환	食客	연극공연	1921.08	번역희곡 (연극공연)
방정환	新生의 日	연극공연	1921.09	희곡(연극공연)
小波生	무셔운날	천도교회 월보 134호	1921.10	시
목성 記	銀파리(7회)	개벽 17호	1921.11	풍자만필
목성 記	銀파리(8회)	개벽 18호	1921.12	풍자만필
小波	눈	천도교회 월보 136호	1921.12	시
ㅅㅍ생	宗敎史上의 一奇異 生殖崇拜敎의 信仰	천도교회 월보 137~138호	1922.01~02 (2회)	소개
SP生	異域의 新年	천도교회 월보 137호	1922.01	수필
목성	귀신을 먹은 사람	천도교회 월보 137호	1922.01	동화
方定煥	必然의 要求와 絶對의 眞實로	동아일보	1922.01.06	논
東京 小波	夢幻의 塔에서-少年會 여러분께	천도교회 월보 138호	1922.02	수필(서간)
ㅁㅅ生	狼犬으로부터 家犬에게	개벽 20호	1922.02	서간체 우화
曙夢	XX鬼의 征伐	개벽 24호	1922.06	번안소설
方定煥	잠자는 왕녀	사랑의 선물	1922.07 (개벽사)	번역동화
方定煥	난파선	사랑의 선물	1922.07	번역동화
方定煥	요술왕 아아	사랑의 선물	1922.07	번역동화
方定煥	천당 가는 길(일명 도적왕)	사랑의 선물	1922.07	번역동화
方定煥	산드룡의 유리구두	사랑의 선물	1922.07	번역동화
方定煥	왕자와 제비	사랑의 선물	1922.07	번역동화
方定煥	어린 음악가	사랑의 선물	1922.07	번역동화
方定煥	꽃속의 작은이	사랑의 선물	1922.07	번역동화
方定煥	한네레의 죽음	사랑의 선물	1922.07	번역동화
方定煥	마음의 꽃	사랑의 선물	1922.07	번역동화

필명	제목	발표지	발표연대	갈래
方定煥	湖水의 女王	개벽 25호~27호	1922.07~ 1922.09(2회)	번역동화
잔물	公園 情操-夏夜의 各 公園	개벽 26호	1922.08	수필
小波	푸시케 색시의 이약이	부인 3호	1922.08	번역동화
夢見草	운명에 지는 꼿	부인 4호	1922.09	실화
한긔자	칠석이야기, 추석이야기	부인 4호	1922.09	소개
무기명	형뎨별	부인 4호	1922.09	번역동요
한긔자	구월 구일(重陽) 이약이	부인 5호	1922.10	소개
小波	털보 장사	개벽 29호	1922.11	번역동화
小波	새로 開拓되는 「童話」에 關하야 -특히 少年以外의 一般큰이에게	개벽 31호	1923.01	논
小波	내여버린 아해	부인 7~8호	1923.01~ 1923.02(2회)	번역동화
小波	天使	동아일보	1923.01.03	번역동화
천도교 소년회 方定煥 씨 담	少年會와 今後方針	조선일보	1923.01.04	좌담
무기명	처음에	어린이 1권 1호	1923.03.20	창간사
在東京 小波	少年의 指導에 關하야-雜誌 『어린이』 創 刊에 際하야 京城 曺定昊 兄께	천도교회 월보 150호	1923.03	논
무기명	世의 紳士 諸賢과 子弟를 둔 父兄에게 告함	개벽 33호	1923.03	광고
ㅈㅎ生	하신트의 이약이	어린이 1권 1호	1923.03.20	꽃전설
小波	석냥파리소녀	어린이 1권 1호	1923.03.20	번역동화
夢中人	작난군의 귀신	어린이 1권 1호	1923.03.20	번역동화
무기명	눈오는 北쪽나라 아라사의 어린이-제비와가티 날아다닌다	어린이 1권 1호	1923.03.20	소개
小波	노래 주머니	어린이 1권 1호 ~1권 2호	1923.03.20 ~04.01(2회)	동화극
夢中人	황금 거우	어린이 1권 2호	1923.04.01	번역동화
무기명	불상하면서도 무섭게커가는 독일의 어린이	어린이 1권 2호	1923.04.01	소개
무기명	봄소리	어린이 1권 2호	1923.04.01	권두언
무기명	아버지 생각-순희의 슬음	어린이 1권 2호	1923.04.01	애화
무기명	꼿노리	어린이 1권 3호	1923.04.23	권두언
夢見草	영길이의 슬음	어린이 1권 3호	1923.04.23	소년소설
ㅈㅎ生	四月에 피는 꼿 勿忘草 이약이	어린이 1권 3호	1923.04.23	꽃전설
雲庭	貴여운 피	어린이 1권 3호	1923.04.23	번역동화
小波	눈 어둔 포수	어린이 1권 3호	1923.04.23	번역동화

필명	제목	발표지	발표연대	갈래
小波	의조흔 내외	부인 11호	1923.05	번역동화
小波	이상한 샘물	어린이 1권 6호	1923.07	전래동화
夢中人	白雪公主	어린이 1권 6호	1923.07	번역동화
?	나비의 꿈	어린이 1권 6호	1923.07	동화
무기명	영호의 사정	어린이 1권 7호 ~11호	1923.08 ~12(4회)	소년소설
(鄭順哲)	兄弟별	어린이 1권 8호	1923.09	동요
夢中人	닐허바린 다리	어린이 1권 8호	1923.09	번역동화
(잔물)	秋窓漫草	신여성 1호	1923.09	수필
夢中人	염소와 늑대	어린이 1권 9호	1923.10	번역동화
三山人	생선알	어린이 1권 9호	1923.10	상식
一記者	震亂 中의 日本 及 日本人	개벽 40호	1923.10	논
小波	톡기의 재판	어린이 1권 10호	1923.11	동화극
ㅈㅎ生	당나귀와 개	어린이 1권 10호	1923.11	번역우화
夢見草	落葉지는 날	어린이 1권 10호	1923.11	소년소설
夢中人	요술낵이	어린이 1권 11호	1923.12	번역동화
무기명	호랑이의 등	어린이 1권 11호	1923.12	전래동화
ㅈㅎ生	당나귀와 닭과 사자	어린이 1권 11호	1923.12	번역우화
小波	어린이 第拾壹號	어린이 1권 11호	1923.12	권두언
ㅈㅎ生	서울쥐와 시골쥐	어린이 2권 1호	1924.01	번안우화
무기명	쏙갓치 쏙갓치	어린이 2권 1호	1924.01	아동극
夢中人	작은이의 일홈	어린이 2권 1호 ~2호	1924.01~ 1924.02(2회)	번역동화
무기명	少年奇術 두가지	어린이 2권 1호	1924.01	소개
무기명	호랑이 잡기 노는 법	어린이 2권 1호	1924.01	소개
小波	두더쥐의 혼인	어린이 2권 1호	1924.01	전래동화
무기명	새해 새희망-새해는 왜 깃븐가?	어린이 2권 1호	1924.01	권두언
方定煥 씨 담	離婚問題의 可否(8)	동아일보	1924.01.08	논
ㅈㅎ生	금독긔	어린이 2권 2호	1924.02	번역우화
小波	선물 아닌 선물	어린이 2권 2호	1924.02	번역동화
金波影	괴롬의 歡樂	천도교회 월보161호	1924.02	시
小波	나그네 잡기장(1)	어린이 2권 2호	1924.02	잡기
무기명	말하난 독가비	어린이 2권 2호	1924.02	일화
夢中人	거만한 곰과 쇠발른 여우	어린이 2권 3호	1924.03	번역우화
ㅈㅎ生	파리와 거미	어린이 2권 3호	1924.03	번역우화

필명	제목	발표지	발표연대	갈래
무기명	돌풀이	어린이 2권 3호	1924.03	보고
方定煥	녀자 이상으로 진보하지 못한다	시대일보	1924.03.31	논
무기명	4월 4일	어린이 2권 4호	1924.04	권두언
夢中人	더 못난 사람	어린이 2권 4호	1924.04	번역동화
小波	나그네 잡긔장(2)	어린이 2권 4호	1924.04	잡기
잔물	卒業의 날	어린이 2권 4호	1924.04	소년소설
夢見草	이상한 인연	신여성 2권 3호	1924.04 (03.20 발행)	기담
一記者	부자ㅅ집 싸님도 苦學을 하는 佛蘭西의 女學生 生活	신여성 2권 3호	1924.04	소개
方	녀학생학교표	신여성 2권 3호	1924.04	논
소파	그게 무슨 짓이냐	신여성 2권 3호	1924.04	논
무기명	잠자는 녀왕	신여성 2권 3호	1924.04	광고
方	편즙을 마치고	신여성 2권 3호	1924.04	편집후기
?	참말의 시험	신소년	1924.04	?
ㅈㅎ生	친한 친구	어린이 2권 4호	1924.04	번역우화
方定煥	삼태성	시대일보	1924.04.01 ~04.02(2회)	동화
무기명	어린이의날 오월초하루가 되면	어린이 2권 5호	1924.05	권두수필
小波	四月 금음날 밤	어린이 2권 5호	1924.05	동화
夢見草 譯	어느 젊은 녀자의 맹서	신여성 2권 4호	1924.05	번역소설
編輯人	未婚의 젊은 男女들에게-당신들은 이럿케 配隅를 골르라	신여성 2권 4호	1924.05	논
무기명	米國 女子의 約婚과 結婚	신여성 2권 4호	1924.05	소개
SP생	「人形의 家」와 「海婦人」	신여성 2권 4호	1924.05	평론
方	편즙을 맛치고	신여성 2권 4호	1925.05	편집후기
小波	피시오라 !!	어린이 2권 6호	1924.06	번역동화
小波	나그네 잡긔장(3)	어린이 2권 6호	1924.06	잡기
小波	어린이 讚美	신여성 2권 5호	1924.06	수필
月桂	出嫁한 處女	신여성 2권 5호	1924.06	소설
목성 記	銀파리(신여성 1회)	신여성 2권 5호	1924.06	풍자만필
SP生	꼿긔상대와 꼿달력	신여성 2권 5호	1924.06	소개
方	편즙을 맛치고	신여성 2권 5호	1924.06	편집후기
무기명	나무닙배	어린이 2권 6호	1924.06	번역동요
三山人	마라손 경주 중로에 큰 獅子와 눈쌈을 한 勇少年	어린이 2권 6호	1924.06	실화
CWP	清雅하기 싹없는 瑞西의 女學生들	신여성 2권 5호	1924.06	소개

필명	제목	발표지	발표연대	갈래
方定煥	數萬 명 新進 役軍의 總動員-일은 맨밑에 돌아가 시작하자	개벽 49호	1924.07	논
ㅈㅎ生	당신의 손으로 이럿케 맨들어 파리를 잡으시요	어린이 2권 7호	1924.07	소개
夢中人	개고리 왕자	어린이 2권 7호	1924.07	번역동화
무기명	나그네 잡기장	어린이 2권 7호	1924.07	잡기
夢見草	祕密	신여성 2권 6호	1924.07	담화
夢見草	봉선화 이약이	신여성 2권 6호	1924.07	꽃전설
編輯人	시골집에 가는 學生들에게-남겨놋코 올 것·배와가지고 올 것	신여성 2권 6호	1924.07	논
목성 記	銀파리(신여성 2회)	신여성 2권 6호	1924.07	풍자만필
小波	뭉게 구름의 비밀	신여성 2권 6호	1924.07	수필
小波	큰 바보, 큰 괘사 막보의 큰 장사	어린이 2권 7호	1924.07	번역동화
雙S	女流運動家	신여성 2권 7호	1924.08	풍자만필
일기자	世界 唯一의 病身學者 헬렌케라-女史	신여성 2권 7호	1924.08	소개
夢中人	少年 로빈손	어린이 2권 8호	1924.08	번역동화
ㅈㅎ生	파리의 실패	어린이 2권 8호	1924.08	번역우화
小波	말만 드러도 서늘한 에쓰키모의 이약이	어린이 2권 8호	1924.08	소개
방정환	남은 잉크	어린이 2권 8호	1924.08	편집후기
ㅈㅎ생	허풍선 이야기	어린이 2권 8호	1924.08	소화(笑話)
夢見草	불노리	어린이 2권 9호	1924.09	애화
무기명	가을밤	어린이 2권 9호	1924.09	동요
一記者	씸뛰는 려관-로달드 이야기	어린이 2권 9호	1924.09	소개
夢中人	귀신을 먹은 사람	어린이 2권 9호~10호	1924.09~10 (2회)	창작 옛이야기
夢見草	修女의 설음-○○교회 어린 수녀의 편지	신여성 2권 8호	1924.10	애화
一記者	한쎄에 붓흔 두 女子 쌍동美人의 珍奇한 戀愛生活	신여성 2권 8호	1924.10	기담
方	편즙을 맛치고	신여성 2권 8호	1924.10	편집후기
小波	월계처녀	어린이 2권 10호	1924.10	번역동화
夢見草	과슷남매	어린이 2권 10호	1924.10	번역동화?
小波	귓드람이소리	어린이 2권 10호	1924.10	동요
목성 記	銀파리(신여성 3회)	신여성 2권 8호	1924.10	풍자만필
一記者	街頭에 나슨 女人 百合舍 女主人	신여성 2권 8호	1924.10	소개
方	편즙을 맛치고	신여성 2권 8호	1924.10	편집후기
三山人	단풍과 락엽 이약이	어린이 2권 10호	1924.10	상식
무기명	제비와 기럭이	어린이 2권 10호	1924.10	상식

필명	제목	발표지	발표연대	갈래
무기명	가을노리 여러가지	어린이 2권 10호	1924.10	소개
一記者	貞信女校 慈善市의 첫날	신여성 2권 11월호	1924.11	소개
夢中人	생명의 관역-어린 와텔의 목숨	어린이 2권 11호	1924.11	강화
方定煥	有益하고 滋味잇는 하로밤 講習 -少年會와 學校先生님쎄	어린이 2권 11호	1924.11	소개
小波	불상한 두 少女	어린이 2권 12호	1924.12	번안동화
편즙인	『어린이』동모들쎄	어린이 2권 12호	1924.12	수필
일기자	이러케 하면 글을 잘 짓게 됩니다	어린이 2권 12호	1924.12	논
三山生	첫눈	어린이 2권 12호	1924.12	동요
方	눈(雪)이 오시면	어린이 2권 12호	1924.12	수필
무기명	눈 눈 눈	어린이 2권 12호	1924.12	상식
잔물	늙은 잠자리	어린이 2권 12호	1924.12	동요
무기명	장님의 개	어린이 2권 12권	1924.12	번역우화
夢見草	金髮 娘子-「마리아나」아씨의 머리	신여성 2권 12호	1924.12	번역소설
CW生	(大邱) 信明女學校 이약이	신여성 2권 12호	1924.12	소개
小波	허잽이(윤극영 곡)	조선일보	1924.12.08	동요
방정환	새해의 첫 아침	어린이 3권 1호	1925.01	권두언
北極星	동생을 차즈려	어린이 3권 1호 ~10호(9회)	1925.01 ~1925.10	탐정소설
雙S	늣동이 도적	신여성 3권 1호	1925.01	소화
銀파리	셈치르기	신여성 3권 1호	1925.01	번역(소화)
무기명	年頭二言	신여성 3권 1호	1925.01	권두언
北極星	어린 羊	생장 1호	1925.01	번역소설
무기명	朝鮮少年運動	동아일보	1925.01.01	논
小波生	童話作法-童話짓는 이에게	동아일보	1925.01.01	평론
무기명	天才少女崔貞玉孃	어린이 3권 2호	1925.02	소개
小波	눈먼 勇士 「삼손」 이약이	어린이 3권 2호	1925.02	번역
夢見草	남겨둔 흙美人	신여성 3권 2호	1925.02	애화
무기명	銀파리 尾行記(신여성 4회)	신여성 3권 2호	1925.02	풍자만필
무기명	女尊男卑냐 男尊女卑냐?	신여성 3권 2호	1925.02	강좌
一記者	同德女學校評判記	신여성 3권 2호	1925.02	소개
北極星	寫字生	생장 2호	1925.02	번안소설
方定煥	사라지지 안는 記憶	조선문단 6호	1925.03	수필
方定煥	두 돌을 마지하면서	어린이 3권 3호	1925.03	권두언
北極星	窓會	생장 4호	1925.04	번역소설

필명	제목	발표지	발표연대	갈래
무기명	쏫노리	어린이 3권 4호	1925.04	권두언
方	편즙을 맛치고	어린이 3권 4호	1925.04	편집후기
무기명	나그네 잡긔장-各地의 少年少女大會	어린이 3권 5호	1925.05	소개
小波	귀먹은 집오리	어린이 3권 5호	1925.05	동화
쉿파리	色魔紳士의 尾行	보성 1호	1925.05	풍자만필
무기명	요령잇는 녀자가 됩시다	신여성 3권 5호	1925.05	권두언
北極星	文藝漫話	생장 5호	1925.05	논
夢中人	싸치의 옷	어린이 3권 6호	1925.06	동화
일기자	覆面生과 쉬파리의 對話	보성 2호	1925.06	풍자만필
城西人	愛의結婚에서結婚愛에	신여성 3권 6호	1925.6·7월 합호	논
小波	눈 어둔 포수	시대일보	1925.06.30	번역동화
夢中人	과거 문뎨	어린이 3권 7호	1925.07	전래동화
무기명	이상한 샘물	조선일보	1925.07.13	전래동화
무기명	쏫색기	조선일보	1925.07.14	동화
무기명	개구리와 소	조선일보	1925.07.15	동화
무기명	그림아기	조선일보	1925.07.16	동화
무기명	종소리	조선일보	1925.07.17	동시
무기명	굴둑장이	조선일보	1925.07.17	동화
무기명	금독긔 은독긔	조선일보	1925.07.24	번역우화
무기명	장마에	조선일보	1925.07.31 ~08.01(2회)	동화
夢中人	양초 귀신	어린이 3권 8호	1925.08	동화
小波	海女의 이약이	어린이 3권 8호	1925.08	소식
잔물	눈물의 帽子갑	어린이 3권 8호	1925.08	실화
무기명	적은 새	조선일보	1925.08.03	번역동화
무기명	참마음	조선일보	1925.08.05	번역동화
무기명	쌤쟁이와 변노이	조선일보	1925.08.14	동화
무기명	일 업는 도야지	조선일보	1925.08.17	동화
무기명	해와 바람	조선일보	1925.08.18	번역우화
무기명	말임자	조선일보	1925.08.19	동화
무기명	아침 해	조선일보	1925.08.20	동화
무기명	개아미	조선일보	1925.08.21	동화
무기명	청개고리	조선일보	1925.08.24	동화
무기명	오십 전짜리	조선일보	1925.08.27	동화

필명	제목	발표지	발표연대	갈래
무기명	거짓말한 죄	조선일보	1925.08.28	번역동화
무기명	삼손	조선일보	1925.08.29~30(2회)	번역동화
무기명	해바라기	조선일보	1925.08.31	동화
夢見草	쑤움쑤움	어린이 3권 9호	1925.09	번역동화
編輯人	코스머스의 가을	어린이 3권 9호	1925.09	권두언
小波	사랑하는 동모 어린이讀者 여러분께	어린이 3권 9호	1925.09	수필
小波	사시사철 물 속에 살면서 녀름에도 오히려 추워하는 海女의 이약이	어린이 3권 9호	1925.09	소개
三山人	가을밤에 빗나는 별	어린이 3권 9호	1925.09	지식
小波	씩씩한 동모들 彦陽의 부起會	어린이 3권 9호	1925.09	소개
무기명	개학하던 날	조선일보	1925.09.02	동화
무기명	달나라 구경	조선일보	1925.09.03	동화
무기명	하늘을 만저 보랴든 명희	조선일보	1925.09.06	동화
잔물	눈물의 노래	어린이 3권 10호	1925.10	번역동화
三山人	아름다운 가을달 계수나무 이약이	어린이 3권 10호	1925.10	상식
夢見草	절영도 섬 넘어	어린이 3권 10호	1925.10	소년소설
編輯人	눈물의 가을	어린이 3권 10호	1925.10	권두언
무기명	이사가는 새	조선일보	1925.10.20	동화
무기명	어린이의 꾀	조선일보	1925.10.22~23(2회)	동화
무기명	도적의 실패	조선일보	1925.10.24~25(2회)	동화
무기명	알렉산더 대왕	조선일보	1925.10.27~28(2회)	동화
編輯人	가을의 리별	어린이 3권 11호	1925.11	권두언
長沙同 一讀者	方定煥氏 尾行記	어린이 3권 11호	1925.11	수필(미행기)
夢見草	두 팔 업는 불상한 少年-「가마다」마술단의 全判文氏	어린이 3권 11호	1925.11	소개
무기명	이것도 電氣	어린이 3권 11호	1925.11	과학상식
一記者	글지여 보내는이에게	어린이 3권 11호	1925.11	사고(社告)
무기명	어떤 곳에	조선일보	1925.11.10~11	동화
編輯人	잘 가거라! 열다섯 살아	어린이 3권 12호	1925.12	권두언
무기명	새롭고 자미있는 눈싸홈 法	어린이 3권 12호	1925.12	소개
무기명	시험이 가까웠다	조선일보	1925.12.08	동화
무기명	달밤	조선일보	1925.12.10	동화

필명	제목	발표지	발표연대	갈래
무기명	금동이와 은동이	조선일보	1925.12.28	동화
방정환	어린이동모들쎄	세계일주 동화집	1926	추천사
쌀쌀박사	셈치르기	어린이 4권 1호	1926.01	번역동화
夢見草	설썩 술썩	어린이 4권 1호	1926.01	전래동화
編輯人	오-새해가 솟는다! 놉흔 소리로 노래하라!	어린이 4권 1호	1926.01	권두언
夢中人	호랑이 형님	어린이 4권 1호	1926.01	전래동화
方定煥	귀여운 피	조선일보	1926.01.01	번역동화
무기명	순희의 결심	조선일보	1926.01.10	동화
무기명	준치가시	조선일보	1926.01.11	동화
무기명	누가 데일 몬저 낫나	조선일보	1926.01.18	동화
무기명	눈오는 새벽	어린이 4권 2호	1926.02	동요(권두시)
三山人	電話發明者 알렉산더 그레함 벨	어린이 4권 2호	1926.02	소개
小波	千一夜話	어린이 4권 2호	1926.02	번안
길동무	겨우 살아난 「하느님」-한 비행가의 이약이에서	어린이 4권 2호	1926.02	번역
무기명	꾀꼬리와 종달새	조선일보	1926.02.24 ~02.26(2회)	동화
무기명	게름방이 두 사람	조선일보	1926.02.27	동화
무기명	주저 넘은 당나귀	조선일보	1926.02.28	번역동화
小波	아버지의 령혼의 싹정버레	조선농민 2권 3호	1926.03	실화
方定煥	귀신 먹는 사람	조선농민 2권 3호	1926.03	전래동화
쌀쌀博士	옹긔ㅅ세음	어린이 4권 3호	1926.03	전래동화
小波	어부와 마귀 이약이	어린이 4권 3호 ~4권 5호	1926.03~ 05(2회)	번역동화
무기명	3월 1일 창간 3주년 기념	어린이 4권 3호	1926.03	권두언
方定煥	세 번째 돌날에	어린이 4권 3호	1926.03	권두언
길동무	가장 적은 금년 력서	어린이 4권 3호	1926.03	소개
무기명	당나귀와 개	조선일보	1926.03.01	동화
무기명	길다란 혀	조선일보	1926.03.02	동화
무기명	파리와 거미	조선일보	1926.03.03	동화
무기명	원숭이의 재판	조선일보	1926.03.05 ~03.06(2회)	동화
무기명	점쟁이-길거리에서 점	조선일보	1926.03.12	동화
編輯人	봄!봄!!	어린이 4권 4호	1926.04	수필
北極星	七七團의 祕密	어린이 4권 4호 ~5권 8호	1926.04~ 1927.12(13회)	탐정소설

필명	제목	발표지	발표연대	갈래
방정환 외	봄철에 가장 사랑하는 꽃	어린이 4권 4호	1926.04	수필
길동무	봄철을 맞는 「어린이 공화국」	어린이 4권 4호	1926.04	소개
城西人	굉장한 약방문	어린이 4권 4호	1926.04	번역동화
夢見草	벗꼿이약이	어린이 4권 4호	1926.04	번역동화?
三山人	무서운 둑겁이	어린이 4권 5호	1926.05	전래동화
編輯人	어린이날!!	어린이 4권 5호	1926.05	권두언
무기명	메이데이와 '어린이날'	개벽 69호	1926.05	논
방정환	래일을 위하야: 오월 일일을 당해서 전조선 어린이들께	시대일보	1926.05.02	논
三山人	伊太利 少年	어린이 4권 6호	1926.06	소개
夢見草	울지 안는 종	어린이 4권 6호	1926.06	번역미담
방정환	二十年전 學校 이약이	어린이 4권 6호 ~4권 10호	1926.06~ 1926.10(4회)	수필
길동무	소년 탐험군 이약이	어린이 4권 6호 ~4권 7호	1926.06~ 1926.07(2회)	소개
一記者	영원의 어린이 피터팬 활동사진 이약이	어린이 4권 6호 ~4권 7호	1926.06 ~1926.07	소개
小波	다라나는 급행렬차압헤 공중의 귀신 신호	어린이 4권 6호	1926.06	실화
잔물	녀름비	어린이 4권 7호	1926.07	번역동요
三山人	바람과 번갯불	어린이 4권 7호 ~4권 8호	1926.07~ 1926.09(2회)	상식
잔물	산길	어린이 4권 8호	1926.09	번역동요
무기명	가을! 처녀! 마음!	신여성 4권 9호	1926.09	권두언
三山人	天下 名妓 白雲岫	신여성 4권 9호	1926.09	전설
雙S生	男子의 戀愛	신여성 4권 9호	1926.09	담화
잠수부	서늘한 바다속 물나라 이약이	어린이 4권 8호	1926.09	번역실화
夢中人	하메룬의 쥐난리	어린이 4권 8호	1926.09	번역동화
방정환	방송해본 이약이	어린이 4권 8호	1926.09	수필
어린이부	독자 여러분께	어린이 4권 8호	1926.09	사고
一記者	「라디오」이약이	어린이 4권 8호	1926.09	상식
쌀쌀博士	방긔 출신 崔덜렁	어린이 4권 8호	1926.09	전래동화(소화)
편즙인	가을, 가을의 자미	어린이 4권 9호	1926.10	권두
夢中人	욕심장이 쌍차지	어린이 4권 9호	1926.10	번안
一記者	가여운 병신 몸으로 바욜린의 大天才	어린이 4권 9호	1926.10	소개
三山人	나뭇잎이 왜 붉어지나	어린이 4권 9호	1926.10	상식
夢見草	시골쥐 서울구경	어린이 4권 9호	1926.10	창작동화

필명	제목	발표지	발표연대	갈래
小波	흘러간 三남매	어린이 4권 9호 ~4권 12월호	1926.10~ 1926.12(3회)	번역동화
方定煥	동요 '허잽이'에 관하여	동아일보	1926.10.05 ~10.06(2회)	논
方定煥	文半講話半의 講習	조선농민 2권 11호	1926.11	논
깔깔博士	엉터리 병정	어린이 4권 10호	1926.11	번역소화
방명환	과세 잘 하십시다	어린이 4권 12월호	1926.12	수필
波影 외	大京城 白晝 暗行記, 記者 總出動	별건곤 2호	1926.12	탐사보도
波影	活動 寫眞 이약이	별건곤 2호	1926.12	소개
北極星	누구의 罪?	별건곤 2호	1926.12	번역탐정소설
覆面子	京城 名物女 斷髮娘 尾行記	별건곤 2호	1926.12	기사(미행기)
소파	눈 오는 거리	어린이 4권 12월호	1926.12	권두
三山人	톡기	어린이 5권 1호	1927.01	상식
方定煥 편	한 자 압서라 (1과)	어린이 5권 1호	1927.01	독본
一記者	로서아 쎄오네르	어린이 5권 1호	1927.01	소개
編輯人	새해아츰브터	어린이세상 1호	1927.01	?
깔깔博士	이약이거리와 笑話	어린이세상 1호	1927.01	?
쌍S	돈벼락	별건곤 3호	1927.01	동화
波影	양초귀신	별건곤 3호	1927.01	동화
方定煥	어린 동무들에게	신소년 5권 1호	1927.01	논
小波 方定煥	쇠꼬리와 나뷔	조선일보	1927.01.03 ~01.04(2회)	동화
方定煥	힘부름하는 사람과 어린사람에게도 존대를 합니다	별건곤 4호	1927.02	수필
夢見草	동무를 위하야	어린이 5권 2호	1927.02	소년소설
方定煥 편	적은 용사(2과)	어린이 5권 2호	1927.02	독본
三山人	사철 변하지 안는 쌍덩이의 온도	어린이 5권 2호	1927.02	상식
쌍S	女學生 誘引團 本窟 探査記	별건곤 4호	1927.02	탐사보도
쌍S	아홉 女學校 쌔사회 九景	별건곤 4호	1927.02	소개
方定煥	작년에 한 말	어린이 5권 2호	1927.02	수필
三山人	몸에 지닌 추천장	어린이 5권 3호	1927.03	실화
方定煥 편	두 가지 마음성(3과)	어린이 5권 3호	1927.03	독본
무기명	創刊 四周年 紀念日에	어린이 5권 3호	1927.03	권두언
夢見草	만년 샤쓰	어린이 5권 3호	1927.03	소년소설
깔깔박사	미련이 나라	어린이 5권 4호	1927.04	번역동화

필명	제목	발표지	발표연대	갈래
夢見草	1+1=?	어린이 5권 4호	1927.04	소년소설
方定煥 편	참된 同情(4과)	어린이 5권 4호	1927.04	번안
편집인	첫녀름의 아침	어린이 5권 5호	1927.06	권두언
方定煥 편	소년고수(5과)	어린이 5권 5호	1927.06	독본
小波	아리바바와 도적	어린이 5권 6호 ~5권 10호	1927.06 ~1927.10	번역기담
쌍S생	申一仙孃과의 問答記	별건곤 7호	1927.07	인터뷰(문답)
方定煥	내가 第一 창피하얏든 일一外三寸 待接	별건곤 7호	1927.07	수필
方定煥 씨 담	내가 본 바의 어린이문데	동아일보	1927.07.08	좌담
北極星	怪男女 二人組(탐정)	별건곤 8호	1927.08	번역탐정소설
講師 쌀쌀博士	「우슴」의 哲學	별건곤 8호	1927.08	논
北極星	朝鮮映畵界雜話	조선일보	1927.10.20	논
一記者	金活蘭氏 訪問記	별건곤 9호	1927.10	인터뷰(문답)
方定煥 편	너그러운 마음(6과)	어린이 5권 8호	1927.12	독본
三山人	소리는 어데서 나나	어린이 5권 8호	1927.12	지식
방정환	便紙騷動	어린이 5권 8호	1927.12	수필
双S生	警告 女學生과 結婚하면	별건곤 10호	1927.12	논
城西人	現代的(모-던) 處女	별건곤 10호	1927.12	논
見草	남겨둔 흙美人 〈전설애화〉	별건곤 10호	1927.12	애화
波影	벌거숭이 男女 寫眞	별건곤 10호	1927.12	기사
方定煥	(추천사)	쿠오레	1928(박문서관)	추천사
무기명	黃金王	어린이 6권 1호	1928.01	아동극
무기명	名山 大川 일주 말판 노는 법	어린이 6권 1호	1928.01	유희
三山人	군함 속의 사랑 나라 少年 感化院 이약이	어린이 6권 1호	1928.01	소개
方定煥 편	어린이의 노래(7과)	어린이 6권 1호	1928.01	독본(번역동시)
方定煥	天道敎와 幼少年 問題	신인간 3권 1호	1928.01	논
方定煥	第一 要件은 勇氣 鼓舞	조선일보	1928.01.03	논
三山人	女子 靑年會 氷水店	별건곤 11호	1928.02	소개
城西人	감주와 막걸리	별건곤 11호	1928.02	수필
雙S生	新婚 살림들의 共同 食堂	별건곤 11호	1928.02	논
波影	밤世上. 사랑世上. 罪惡世上	별건곤 11호	1928.02	탐사보도
波影	子正後에 다니는 女學生들	별건곤 11호	1928.02	탐사보도
方定煥	先生님 말슴	어린이 6권 2호	1928.03	담화
무기명	『어린이』를 사랑하시는 동무들쎄 고합니다	어린이 6권 2호	1928.03	권두언

필명	제목	발표지	발표연대	갈래
三山人	우리 뒤에 숨은 힘	어린이 6권 2호	1928.03	논
방정환	나의 어릴 때 이약이	어린이 6권 2호 ~6권 3호	1928.03 ~1928.05(2회)	수필
무기명	움돗는 화분-당신도 맨드십시요	어린이 6권 3호	1928.05	소개
무기명	이 冊을 기다려 주신 동무들께	어린이 6권 3호	1928.05	사고
方定煥	일년중뎨일깃쁜날 「어린이날」을 당하야-가뎡에서는 이러케보내자	동아일보	1928.05.06	논
方定煥	어린이날에	조선일보	1928.05.08	논
方定煥 편	쒸여난 信義(7과)	어린이 6권 4호	1928.07	독본
三山人	쾌활하면서 점잔케커가는 英國의 어린이 생활-넓은세상을 자긔마당으로 안다	어린이 6권 4호	1928.07	소개
무기명	씩씩하고 꿋꿋한 로서아의 어린이생활	어린이 6권 4호	1928.07	소개
波影	감사할 살림 여러 가지	별건곤 14호	1928.07	논
城西人	人類學的 美人考 自然美人 製造祕術	별건곤 15호	1928.08	소개
波影生	米됴나라 仁川의 밤世上	별건곤 15호	1928.08	탐사기
方定煥 편	時間갑(8과)	어린이 6권 5호	1928.09	독본
三山人	제비와 기러기	어린이 6권 5호	1928.09	상식
方定煥 편	世界一家(9과)	어린이 6권 6호	1928.10	독본
夢見草	눈물의 作品	어린이 6권 6호	1928.10	미담
方定煥	世界兒童藝術展覽會를 열면서	어린이 6권 6호	1928.10	권두인사
徐夕波	눈 쓰는 가을	어린이 6권 6호	1928.10	동요
方定煥	報告와 感謝-世界兒童藝展을 마치고	동아일보	1928.10.12	수필
編輯人	겨울과 년말	어린이 6권 7호	1928.12	권두언
三山人	즘생도 말을 합니다-有名한 學者들의 새로운 硏究	어린이 6권 7호	1928.12	상식
方定煥	겨울에 할 것	어린이 6권 7호	1928.12	수필
方定煥 편	孤兒兄弟 (10과)	어린이 6권 7호	1928.12	독본
方定煥 외	무婚에 關한 座談會	조선농민 4권 9호	1928.12	좌담
方定煥	아동예술전람회의 성공	신인간 3권 11호	1928.12	수필
方定煥	序文	사랑의 학교	1929(이문당)	서문
開闢社 方定煥	言論界로 본 京城	경성편람	1929(홍문사)	논
方定煥	새해 두 말슴	어린이 7권 1호	1929.01	권두언
쌀쌀博士	쎠하고 가죽하고	어린이 7권 1호	1929.01	소화
北極星	少年 三台星	어린이 7권 1호 ~7권 2호	1929.01 ~1929.02	탐정소설
夢見草	金時計	어린이 7권 1호 ~7권 2호	1929.01 ~1929.02	소년소설

필명	제목	발표지	발표연대	갈래
方定煥	외따른 선생님	어린이 7권 1호	1929.01	수필
깔깔박사	지상연하장	어린이 7권 1호	1929.01	소개
方小波	답답한 어머니-제1회 아기의 말	별건곤 18호	1929.01	소개
小波	담배ㅅ불 事件	별건곤 18호	1929.01	수필
一記者	남의 나이 맛처내기	어린이 7권 2호	1929.02	소개
方定煥 편	同情(11과)	어린이 7권 2호	1929.02	독본
三山人	滋味잇고 有益한 유희 멧가지	어린이 7권 2호	1929.02	소개
三山人	최신식 팽이 맨드는 법	어린이 7권 2호	1929.02	소개
三山人	우리의 음악 자랑	어린이 7권 3호	1929.03	소개
쌀쌀博士	쇠부랑 할머니	어린이 7권 3호	1929.03	전래동화
三山人	朝鮮의 特産 자랑	어린이 7권 3호	1929.03	소개
一記者	자미잇는 人形 만들기	어린이 7권 3호	1929.03	소개
方定煥	여섯 번째 돌날을 마지하면서	어린이 7권 3호	1929.03	권두언
方定煥	『學生』 創刊號를 내면서 男女學生에게 하고 십흔말슴	학생 1권 1호	1929.03	논
雙S生	男女 學校 小使 對話(1,2)	학생 1권 1호~2호	1929.03~04 (2회)	풍자만필
方定煥	각설이째 식으로	조선농민 5권 2호	1929.03	논
方	봄이다 봄이다 소리놉혀 노래하라	학생 1권 2호	1929.04	권두언
方定煥	卒業한이·新入한이와 또 在學中인 男女學生들에게	학생 1권 2호	1929.04	논
方定煥	就職 紹介해 본 이약이	별건곤 20호	1929.04	수필
方定煥	어린이날을 당하야	어린이 7권 4호	1929.05	논(훈화)
一記者	어느 해 멫 해 전에 엇더케 되엿나	어린이 7권 4호	1929.05	지식
方定煥 편	?/어린이독본(12과)	어린이 7권 4호	1929.05	독본
夢見草	二葉草	어린이 7권 4호	1929.05	소년소설
雙S生	女流 運動家 黑스타 傳	학생 1권 3호	1929.05	풍자만화
方定煥	朝鮮의 學生 氣質은 무엇인가	학생 1권 3호	1929.05	논
方定煥	朝鮮少年運動의 歷史的 考察	조선일보	1929.05.03 ~05.14(6회)	논
方定煥 편	적은 힘도 합치면!(13과)	어린이 7권 5호	1929.06	독본
편집인	녀름과 『어린이』	어린이 7권 5호	1929.06	권두언
一記者	자미잇고 유익한 유희 멧가지	어린이 7권 5호	1929.06	소개
方定煥 편	싸홈의 結果(14과)	어린이 7권 6호	1929.7.8합호	독본
三山人	자미잇고 서늘한 느티나무 신세 이야기	어린이 7권 6호 ~7권 7호	1929.07 ~1929.09(2회)	동화
方	권두언	학생 1권 4호	1929.07	권두언

필명	제목	발표지	발표연대	갈래
方定煥	只今부터 始作해야 할 男女學生의 放學準備	학생 1권 4호	1929.07	논
SS생	露西亞 學生들의 夏休生活	학생 1권 4호	1929.07	소개
小波	男學生, 女學生 放學中의 두 가지 큰 일 盟誓코 이것을 實行하자	학생 1권 4호	1929.07	논
雙S生	호랑이똥과 콩나물	학생 1권 4호 ~1권 7호	1929.07 ~1929.10(4회)	만화(漫話)
方	第一의 깃븜	학생 1권 5호	1929.08	권두언
雙S生	男子 모르는 處女가 아기를 배어 自殺하기까지	별건곤 22호	1929.08	수기
波影	임자 찾는 百萬圓	별건곤 22호	1929.08	만화(漫話)
波影生	氷水	별건곤 22호	1929.08	수필
方小波	天下名藥 黑고양이	조선농민 5권 5호	1929.08	담화
雙S生	누구던지 당하는 『스리』 盜賊 祕話 -『스리』 맛지 안는 方法	별건곤 23호	1929.09	잡저
波影生	스크린의 慰安	별건곤 23호	1929.09	논
方定煥 편	눈물의 帽子갑(15과)	어린이 7권 7호	1929.09	독본
北極星	少年 四天王	어린이 7권 7호 ~8권 10호	1929.09 ~1930.12(8회)	탐정소설
三山人	자미잇고 유익한 가을노리 몃가지	어린이 7권 8호	1929.10	소개
方定煥 편	兄弟(16과)	어린이 7권 8호	1929.10	독본(전래동화)
方定煥 요	늙은잠자리(鄭淳哲 곡)	어린이 7권 8호	1929.10	동요
方	권두언	학생 1권 7호	1929.10	권두언
方定煥	온 가족이 다함께 동무가 되엿스면	중외일보	1929.11.18	논
三山人	埃及女王 크레오파토라 艶史	별건곤 24호	1929.12	소개
方定煥 편	日記(17과)	어린이 7권 9호	1929.12	독본
三山人	年賀狀 쓰는 法	어린이 7권 9호	1929.12	소개
北極星	紳士盜賊	신소설 1호	1929.12	번역탐정소설
무기명	萬古名將으로도 有名하고 鐵甲船發明으로 有名한…李舜臣의 어릴 째 이약이	어린이 8권 1호	1930.01	소개
方	소년 진군호를 내면서	어린이 8권 1호	1930.01	권두언
一記者	世界的으로 有名한 偉人들의 身分 調査	어린이 8권 1호	1930.01	상식
三山人	말 이약이	어린이 8권 1호	1930.01	지식
方定煥	쏙 한 가지	별건곤 25호	1930.01	수필
方小波	적은일 네가지	별건곤 25호	1930.01	수필
覆面兒	社會成功祕術	별건곤 25호	1930.01	풍자만필
方定煥 외	少年運動	조선일보	1930.01.02	좌담

필명	제목	발표지	발표연대	갈래
編輯人	發明家의 苦心	어린이 8권 2호	1930.02	권두언
方定煥 편	너절한 紳士(18과)	어린이 8권 2호	1930.02	독본
方小波	不親切인 親切	어린이 8권 2호	1930.02	수필
編輯人	發明家의 苦心	어린이 8권 2호	1930.02	권두언
方定煥	崔義順 氏, 金勤實 氏	별건곤 26호	1930.02	소개
三山人	自動車 黃金時代	별건곤 26호	1930.02	소개
方小波	남의 집 처녀에게 내가 실수한 이약이	별건곤 26호	1930.02	수필
무기명	새해-없는 이의 행복	학생 2권 2호	1930.02	권두언
方	七周年 紀念을 마즈면서	어린이8권 3호	1930.03	권두언
小波	朝鮮 제일 쌃은 童話 (1. 촛불, 2. 이상한 실)	어린이 8권 3호	1930.03	번역전래동화
三山人	朝鮮 第一 學生 만흔 곳	어린이 8권 3호	1930.03	소개
波影生	落花? 流水?	별건곤 27호	1930.03	실화
方小波	尾行當하든 이약이-도리어 身勢도 입어	별건곤 27호	1930.03	수필
方定煥	朴熙道氏	별건곤 27호	1930.03	인상기
方定煥	모를 것 두 가지	별건곤 27호	1930.03	수필
무기명	권두언	학생 2권 3호	1930.03	권두언
方定煥	進級 또 新入하는 學生들쎄	학생 2권 3호	1930.03	논
方定煥	兒童裁判의 效果	대조 1호~3호	1930.03~ 1930.05(2회)	번역
方定煥	한데 합처서	중외일보	1930.03.14	동화
方定煥	한 자 압서라	중외일보	1930.03.16	동화
方定煥	욕심장이	중외일보	1930.03.17	동화
方定煥	담뱃갑	중외일보	1930.03.18	동화
方定煥	형님과 아우	중외일보	1930.03.19 ~03.20(2회)	동화
三山人	궁금푸리	어린이 8권 4호	1930.04	지식
쌀쌀박사	西洋멍텅구리	어린이 8권 4호	1930.04	만화(漫畵)
方定煥	『어린이』의 옛동무들을 마지하면서	어린이 8권 5호	1930.05	권두언
삼산인	植物 及 昆蟲 採集法	어린이 8권 5호	1930.05	지식
影波	暗黑에서 光明에 「T에게 보낸 편지의 一節」	학생 2권 5호	1930.05	논
方定煥	오늘이 우리의 새명절 어린이날임니다- 가뎡부모님쎄 간절히바라는 말슴	중외일보	1930.05.04	논
方定煥	내가 女學生이면	학생 2권 6호	1930.06	논
방정환	내가 본 나-명사의 자아관	별건곤 29호	1930.06	설문
雲庭居士	第一 有效 鬪貧術	별건곤 29호	1930.06	만필

필명	제목	발표지	발표연대	갈래
雙S	新婦 候補者 展覽會	별건곤 29호~32호	1930.06~ 1930.09(4회)	풍자만필
方定煥	民衆 組織의 急務	조선농민 6권 4호	1930.06	논
編輯人	開闢社 創立 十周年 紀念을 마지며	어린이 8권 6호	1930.07	논
一記者	윤달 이야기	어린이 8권 6호	1930.07	상식
牧夫	어부와 해녀의 살림	어린이 8권 6호	1930.07	소개
方定煥	少年 勇士	어린이 8권 6호	1930.07	미담
三山人	바다의 파도 이야기	어린이 8권 6호	1930.07	소개
무기명	권두언	학생 2권 7호	1930.07	권두언
方定煥	夏期 農村講習會 組織法	학생 2권 7호	1930.07	논
方定煥	兒童問題講演資料	학생 2권 7호	1930.07	논
方定煥	술.어린이	별건곤 30호	1930.07	수필
方定煥	宣傳時代?	별건곤 30호	1930.07	풍자만필
三山人	죽은 지 十五個月 後에 棺 속에서 긔여나온 사람	별건곤 31호	1930.08	실화
三山人	기럭이 이야기	어린이 8권 7호	1930.08	지식
牧夫	가을에 여는 果實이야기	어린이 8권 7호	1930.08	상식
方定煥 요	눈(鄭淳哲 곡)	어린이 8권 7호	1930.08	동요
方定煥 편	同侔의 情(19과)	어린이 8권 8호	1930.09	독본
三山人	궁금푸리	어린이 8권 8호	1930.09	상식
方定煥	活氣잇는 都市	등대(燈臺) 12호	1930.09	수필
覆面兒	石中船	학생 2권 9호	1930.10	번역탐정소설
方小波	演壇珍話	별건곤 33호	1930.10	수필
무기명	물ㅅ새	학생 2권 10호	1930.11	권두언
覆面兒	怪殺人事件	학생 2권 10호	1930.11	번역탐정소설
무기명	『學生』 廢刊에 對하야	학생 2권 10호	1930.11	사고
方小波	A女子와 B女子	별건곤 34호	1930.11	수필
三山人	아모나 못할 일	어린이 8권 9호	1930.11	일화
方定煥 편	正直(20과)	어린이 8권 10호	1930.12	독본
방정환	해를 배우자	어린이 9권 1호	1931.01	수필
무기명	不幸을 익이라	신여성 5권 2호	1931.02	권두언
方定煥	處女의 幸福	신여성 5권 2호	1931.02	독본
方定煥	父兄께 들려드릴 이약이	어린이 9권 2호	1931.02	논
方定煥	조선 사람의 새로운 공부	조선일보	1931.02.14	논
方定煥 외	넌센스本位 無題目 座談會	혜성 1권 1호	1931.03	좌담

필명	제목	발표지	발표연대	갈래
方定煥	딸잇서도 學校 안보내겟소, 女學校敎育改革을 提唱함	별건곤 38호	1931.03	논
一記者	安昌男君은 참말 살어잇는가	별건곤 38호	1931.03	소식
방정환 외	學校 다니는 子女에게 용ㅅ돈을 어써케 주나	혜성 1권 2호	1931.04	설문
方定煥	主婦啓蒙篇 살님사리 新講義	신여성 5권 4호 ~5권 5호	1931.04~06	논
三山人	處女鬼! 處女鬼!	별건곤 40호	1931.05	기담
覆面兒	洪金 兩女子 永登浦 鐵道自殺 事件 後聞	별건곤 40호	1931.05	소개
三山人	金붕어 기르는 法	어린이 9권 5호	1931.06	소개
방정환 외	學父兄씨리의 女學生問題 座談會	신여성 5권 5호	1931.06	좌담
方定煥	豪放한 金燦	혜성 1권 4호	1931.06	수필
方定煥	어린이 전문 이야기 필요	당성 2호	1931.06.02	논
三山人	柔術家 姜樂園氏의 世界的 拳鬪 家와 싸와 익인 이야기	별건곤 41호	1931.07	소개
方定煥	여름방학 중 소년회에서 할 일 二三	당성 4호	1931.07.10	소개
방정환	故 方先生 遺稿 -어린이讀本中에서	어린이 9권 7호	1931.08	독본
무기명	씩씩하고 쾌활한 노서아의 어린이생활	어린이 9권 7호	1931.08	소개
三山人	반짝반짝 빗나는 별나라 이야기	어린이 9권 8호	1931.09	지식
方定煥 작, 정태병 역	兄弟星	매일신보	1943.12.16	동요

큰글한국문학선집: 방정환 작품선집

어린이

© 글로벌콘텐츠, 2018

1판 1쇄 인쇄__2018년 07월 20일
1판 1쇄 발행__2018년 07월 30일

지은이__방정환
엮은이__글로벌콘텐츠 편집부
펴낸이__홍정표

펴낸곳__글로벌콘텐츠
　　　　등　록__제25100-2008-24호
　　　　이메일__edit@gcbook.co.kr

공급처__(주)글로벌콘텐츠출판그룹
　　　　이사__양정섭　　기획·마케팅__노경민　　편집디자인__김미미
　　　　주소__서울특별시 강동구 풍성로 87-6(성내동) 글로벌콘텐츠
　　　　전화__02-488-3280　　팩스__02-488-3281
　　　　홈페이지__www.gcbook.co.kr

값 22,000원
ISBN 979-11-5852-190-5　　03810